BLACK SWAN | 黑天鹅图书

为 人 生 提 供 领 跑 世 界 的 力 量

BLACK SWAN

到最美的风景停下来

旅行大片入门指南，
送给爱美的你

杨双嘉
[喜喜YSJ]
作品

中国華僑出版社

图书在版编目（CIP）数据

到最美的风景停下来 / 杨双嘉著. —北京：中国华侨出版社，2014.6
ISBN 978-7-5113-4546-2

Ⅰ. ①到… Ⅱ. ①杨… Ⅲ. ①游记—作品集—中国—当代 Ⅳ. ①I267.4

中国版本图书馆CIP数据核字（2014）第068332号

到最美的风景停下来

著　　者：杨双嘉
出 版 人：方　鸣
责任编辑：羽　子
封面设计：刘红刚
经　　销：新华书店
开　　本：700mm×980mm　1/16　印张：15　字数：150千字
印　　刷：小森印刷（北京）有限公司
版　　次：2014年6月第1版　2014年6月第1次印刷
书　　号：ISBN 978-7-5113-4546-2
定　　价：39.80元

中国华侨出版社　北京市朝阳区静安里26号通成达大厦3层　邮编：100028
法律顾问：陈鹰律师事务所
发 行 部：（010）82068999　传真：（010）82069000
网　　址：www.oveaschin.com
E-mail：oveaschin@sina.com

写在前面

献给苦于旅行照拍不美，回来后悔得拍大腿的你，和拿着相机却不知从何下手帮拍的他（她）。

芳龄二十六，疯癫又忧愁，血型系AB，星座系金牛。固定职业必须有，晚五和朝九。兴趣是旅游，摄影全能手，拍照、模特、修片统统是我三步走。同游不会拍照我不愁，经我耐心地指导，手按快门不再抖，构图问题不再有，老妈变大师，男友变神手，只管拍美不拍丑。时间挤挤总会有，有事没事多走走，精神又抖擞！

从自己拿着相机，以第一视角去记录生活的美好，到寻求同伴帮忙，以第三视角把自己和美好共同记录；从自我乐在其中的旅行，到开始写游记，分享乐趣；从只把旅行和拍照作为兴趣，到他们逐渐演变成一种必不可少的习惯；从默默无闻的生活，到有幸可以把自己的点滴写在书里，分享给大家……不能说是几分耕耘几分收获，更谈不上是蜕变，只希望是为自己的青春留下些凭证吧，珍惜稍纵即逝的青春。

这是一本教女生如何拍美照、摄影师怎样配合好、男女怎么搭配才会拍起来不累的拍摄技巧宝典，也是一本讲述自己留学生活的书，更是一本为了舒适游而独家订制的旅行法则。

读了它，或许能提高你的拍片技巧，或许能在不污染他人视觉的同时也帮助自己提升感官享受，或许能解开情侣因拍照而结下的误会，或许能给自信加分……

读了它，或许能满足你对留学生活的好奇心，或许能改变你对留学的看法，或许恰巧与你的境遇达成共识……

读了它，或许能拨动你心中好动的心弦，或许能解开你对出游的疑问，或许能让你更加憧憬旅行……

拥有此书，不管是只为了看图片也好，还是为了在旅行中拍出更美的自己也好，我都希望它会对读者有点滴的帮助，哪怕只是让你多记录下一个浅浅的微笑。

杨双嘉（喜喜YSJ）

目录

Chapter1

我看过的

那些最美的风景

法国　巴黎　2012年

法国巴黎

登上巴黎圣母院的钟楼，俯瞰眼前的街区，尽收眼底的是阴暗的天空、连成一片的灰色屋顶和那远处同样是青灰色的地标——埃菲尔铁塔，灰暗的色调是我两次在冬季来到巴黎所留下的印象。除了让我大饱眼福的古典建筑艺术外，同样可以带给我快感的还有无处不透露着的时尚购物气息。作为一个踏着艺术感去追寻时尚的年轻都市女游客，你无法不愿在这个城市逗留。

意大利　罗马　2012年

意大利罗马

走在规划得不算太整齐的罗马街道上，稍不留神就会看到大师的经典遗留雕塑、保留完好的古建筑群。置身于眼前的零现代感的世界中，我仿佛可以闻到千年的古老气息，见证历史与时代的变迁。摸着历经几个世纪留存下来的一砖一瓦，一石一土，想象着古罗马文明和文艺复兴的空前繁荣，我也只能用“古老”来形容它了。

菲律宾薄荷岛

菲律宾　薄荷岛　2009年

那是5年前的一次海岛行，当时觉得所住的度假的村里那片海域已是我见过海水最清透、沙最细滑的了。我喜欢浅海那种淡淡的薄荷绿色，若有深浅层次所呈现出来的色差就更好了。躺在棕榈做的遮阳亭下，一阵热带海洋的微风吹起身后的椰树叶，沙沙作响，这场景突然让我想起20世纪90年代时家里的餐厅墙上挂的那幅海边椰树壁画，让人心情好极了。

菲律宾　薄荷岛　巧克力山　2009年

美国夏威夷

没去过夏威夷之前，它在我脑中一直是一个结婚度蜜月的热门之地。在一个我曾关注过的电视综艺节目里有这样一个活动：若赢得大奖，即可赢得在全球任意一个地方免费旅行的机会。80%的人都选择了夏威夷，这使得我曾对它是那样地神往。到夏威夷的第一站是火奴鲁鲁，繁华的名品商业街道、完善的美食餐厅和夜晚欢腾的酒吧、海滩上熙熙攘攘的人群，这样一个发展成熟的市区彻底颠覆了我脑中对它预估的景象，原来穿着草裙满地走的景象只能在原住民村才能参观到。大岛倒是有些人间伊甸园的意味，那里有黑色的沙滩、火山熔岩、《阿凡达》中的丛林，类似《少年派的奇幻漂流》里的食人岛……天然得让我流连忘返。

美国　夏威夷　Big Island（大岛）　2011年

日本

日本　横滨　2013年

特地在樱花盛开的4月来到日本，体会被无处不在的樱花树包围着的感觉。樱花的品种繁多，形态各异，但以白色和粉色居多，辨识度颇高。每时每刻都欣赏着这粉嫩又短暂的妙物，会让你觉得到寒冬过后的春天，吹起的每一阵微风都是那样地温暖柔和。站在樱花树下，暖风吹起一场樱花雨，零星的花瓣飘落在身上，我瞬间被这浪漫的氛围击败，想起了爱情，深深相信。

日本　大阪　2013年

中国青海

我曾梦想过在8月中旬去看最美的青海湖，哪知道，这个梦却在黄金10月悄然实现。虽然温度不是我理想的样子，但值得庆幸的是还有油菜花在，蓝色有层次的湖水就是要配上大片黄灿灿的油菜花，才能呈现出很强视觉冲击力的美。藏族同胞赶着羊群去湖边喝水，穿着民族服装、牵着白牦牛的主人不时向我招手求合影。望着不远处被雪覆盖的山顶，再驱车驶向被誉为中国版“天空之镜”的茶卡盐湖。一路空旷的山道，随着攀升的海拔把人们的视野拉宽，让人不由得感叹：原来中国的西北可以这么美！而这种激动的心情，从临近青海湖，看到骑行的骑友从身边驶过，看到站出天窗拍照的游客、举着“搭车去西藏”牌子的驴友的那一刻就燃起来了！另外，缺氧的日子开始了！

中国　青海　青海湖　2013年

中国浙江余姚

生活在拥挤的上海的我，想在周末放松下心情，去近郊寻找一片空旷无人之地真的很不易。酷暑难耐，心中突然冒出“去漂流爽一把”的念头，不如就去余姚吧。上网查询关于余姚的信息时，网上出现的很多茶园图片，倒是吸引了身为北方人没见过南方田地的我。登上满是波纹起伏的茶叶山，放眼望去，无尽头的绿。正是那一抹让人看不够的绿，彻底洗刷了我终日紧守在电脑前的眼。给心灵放个短假，让双眼去旅行吧。

中国　浙江　余姚　2013年

美国　旧金山　Ocean Beach（海滩）　2011年

美国旧金山

美国的其他地方我不了解，不可说，只想说说这个让我又爱又恨的旧金山。

爱它，因我曾在此短暂生活，知道它的美。恨它，只因它那样美，而我却必须离开。多想在这里安个家，带上家人和朋友，共同感受原来生活可以这般美好。

你可以在四季如春、平均温度十几摄氏度的清晨伴着鸟叫醒来，拉开窗帘，迎接你的永远是加州热情的阳光。

你可以坐着铛铛车感受坡起坡落，到渔人码头吃物美价廉的螃蟹大餐，拿着面包汤剩下的面包屑去喂前来抢食的海鸥。

你可以租辆自行车，沿着海边，骑过草坪和停满游艇的港口。一路欣赏美景，直到金门大桥，在那儿寻找一个可以拍摄金门大桥的最佳地点。

你可以在任意一家路边超市，买上新鲜的加州水果，坐在金门公园的大草坪上野餐。

你可以踏过大片红色肉类植物群，穿过长在沙地上的草垛，坐在Ocean Beach（海滩）的沙丘上，面朝大海，等待日落的到来。

你可以拿着一杯咖啡，走遍各大、中、小型画廊和艺术馆，接受艺术的熏陶。

你可以选择在短暂的假期，驱车前往近郊的Napa酒庄品酒、优胜美地国家公园看山水、太浩湖划船，甚至可以顺着1号沿海公路吹着海风一直开到洛杉矶……

这个城市可以带给你美好的方式真的太多太多，但只有在抵达旧金山的那一刻，你才会真切地感觉到。

美国　旧金山　Lands End（兰兹角）　2011年

美国　旧金山　2011年

美国　旧金山　Palace of Fine Arts（美术宫）　2011年

美国　旧金山　Ocean Beach　2011年

Chapter2 旅行大片

入门指南

说给爱美的你

合适的造型是佳作良好的开始，是成功的一半。服装搭配很关键，穿对了衣裳，照片就会张张出彩，这就好比遇到了对的人，每天都是情人节。

服装颜色要与背景主体色调相搭。照片与油画同理，从色彩搭配学的角度出发，首先得颜色协调，看起来不别扭。

如何配色？最简单的秘诀是“穿反色”。我们在生活中搭配服装的时候也会有“枣红衣服不配深粉裤子”“宝蓝鞋子配深紫袜子不好看”“黑人要穿荧光色才不易被忽视”的直觉，有这些对色彩搭配的基本领悟就足够了。那么，可将人看成一个主体色块，将景区看成另一个色块进行搭配，从此得出一个结论：若想有人物的存在感，服装最好与景色颜色反差大些才可起到画龙点睛的作用。

NANGYUAN ISLAND RESORT
HAVE A GOOD JOURNEY

屡试不爽的窍门：避开同色系或相近色系。

青草地里穿红色系不会出错，切忌穿蓝绿色。

沙漠里不要穿黄、褐色。

阴天最好不穿灰、暗色。

以此类推，衣与景的配色法并不难。

那么，在服装款式的选择上又有什么说道呢?

旅行是种自作自受式的折腾，着装首先要以舒适为主。特殊的地点要选择相应的装备，在保证不影响正常游玩的情况下进行合理的搭配。

背景物体多、颜色比较杂的情况下，建议选用简单款式的单色服装。您可千万别穿成了一个活人大蛋糕，花里胡哨、层层叠叠地晃来晃去，太闹腾。

遇到背景空旷、色调较单一的“大场面”时，可以通过服装款式的繁复、花色的多样来渲染气氛。

颜色艳丽，款式夸张，平日里不好意思穿出去的衣服可带去旅行，穿上非常上相。

无论是“大场面”还是“小景致”，层次少、一体化的款式都是最佳选择。

旅行照片与时装商业片不同，旅行照片是人与景的结合，考虑到人的同时不能忽略了美丽的风景，所以互相都不可有过多的“抢戏”。由于人照物多数还是取中、远景，不必拍近到可以数睫毛的细节，所以着装不用过于精致，层次不需要太丰富，主要还是看整体色块。延伸到女生妆容上，“苍蝇腿儿”睫毛、脸蛋上散粉拍得“闪亮亮”都可以忽略不计，可以大大减少出门化妆的时间。着装的层次少、简单化、色块面积大，可以给人一种整体、不乱、清晰的画面感。

镜头前，人会有被横向拉伸的感觉，所以着装需要多加注意。对自己身材不是非常有信心的，尽量避免大面积的皮肤暴露，还是要依照平日里搭配服装的技巧来为自己扬长补短。

连衣长裙这种一体式的单层次服装深得旅行中的我的厚爱，单独成套，免去搭配的烦恼。无论是“上刀山”，还是“下火海”，逛城区，还是走乡村，都是永远不会出大错的首选。连衣长裙还有什么好处?答案是它可以全方位、全角度地遮羞挡丑，适合各种身材的女性，免去大腿短粗胖、胯骨宽大、屁股扁平、小腹赘肉无腰身等一切上镜的后顾之忧。

担心上半身也有不足怎么办？再加一个披肩搞定！多种系法告别拜拜肉、胸部看不见事业线、脖颈纹路清晰等困扰。最主要的是一年四季有各种款式和薄厚的选择，烈日下避羞的同时又防晒，严寒中遮丑的同时还能保暖，放在空调车里当毛毯，特殊时刻还可做道具，好携带，用处广，可见披肩实乃出门旅行必备之百搭！

出门在外闯天下，鞋子是关键，我们只要平底鞋，统统都是平底鞋，又不是模特去走T台，带着高跟鞋作甚！

总之，若你能在沙漠里穿成波西米亚，丛林中穿成海边度假，雨雪天穿成还在过夏，那么恭喜你，终于找到大片儿搭配的真谛了啊!

百变POSE来救场

苦于不会摆pose，只能靠僵硬的定格去等待摄影师的“一二三，茄子”？教大家几种简单的动作来告别雷人的剪刀手、包子嘴、无休止自拍大头照和360度永恒僵尸脸。

我总结出来的精髓就是一个“装”字。装作若无其事，在很随意的状态下，不经意间被抓拍。要说“装”谁不会，我们每天都生活在“伪装”当中，但此“装”非彼“装”，是要讲究技巧的。

KOBE KITANO GEIHINKAN
Christina Chapel

最无演技的“装”——动起来

装作若无其事地行走，一个不留神就被街拍了，是我最喜欢的姿势之一，不需动脑，效果就很不错。看看杂志上穿衣搭配板块里外国明星们的街拍照，几乎都是在大街上走着走着，就被抓拍到的自然状。这个动作很好学，无要领，只要走得随意些，不扭捏就胜利了。

走的升级版是跑，在广阔的大自然风光中，跑更能增添身临其境的感觉。使画面动起来最简单的方式就是景不动，人先动。为了避免虚焦，请让你的摄影师站在一个固定点取景不动，你再自觉地慢慢走进或跑进画面中。

比起走和跑，跳的使用更加普遍一些，大家仿佛对跳的热情都十分高涨。一个人跳、情侣一起跳、一群人集体跳，谁都不会拒绝跳的诱惑，不用热身，说跳就跳，跳完统统开怀笑。依我看，跳是最零演技的一种pose，想不到任何姿势时不如就地起跳，快速缓解尴尬，又能解压，画面不但有趣味点，还动感十足。拍摄跳跃动作时，请你的摄影师蹲下仰拍，会显得你这一跳犹如鲤鱼跳龙门，出奇地高。在光线充足的时候，把相机设为连拍模式，尽情地去跑、跳、走吧！

假戏真做的“装”——吃喝玩

碰到在动作进行时拍照最容易搞定了，你只需无视摄影师，真情实意地吃好喝好玩好，动作幅度稍微小一点儿就可以了。浅入深出，把食物的美味、饮料的甜爽、旋转木马的有趣夸张化，把陶醉其中的表情表现得淋漓尽致就是胜利。

IN HONOREM PRINCIPIS APOST PAVLVS V BVRGHESIVS ROMANVS

浪费表情的“装”——对空气笑

笑是最美丽的表情。当你实在不知道该以什么表情来迎合你的pose时，不如就笑吧。走在摄影师前面，笑着回头，一张“回眸一笑百媚生”的照片就出来了，男女老少皆适宜。吃东西时，笑着吃；走路时，笑着走；眺望远方时，笑着望；看镜头时，笑着看……在画面中，笑是对美景美食最好的诠释，否则怎会有人研究出按快门时要喊“茄子”？经我研究，人在笑的时候面部肌肉呈往上走的趋势，这样一来，下巴变尖了，嘴部轮廓统统变弯曲了，面部松弛的赘肉变紧绷了，最主要的是脸变小了！所以笑是最上镜的表情。

演技派的“装”——拿道具

道具在手，pose不愁。给父母拍照时，发现他们遵循着一种“遇花便摘”“有座就坐”“见树枝就拉”的pose规律。其实这都不是没道理的，老一辈正是借助道具，避免了不会摆pose带来的尴尬。而我们在拍照的时候，也可以拿些道具来给画面增添趣味点，撑伞照、打电话照、扔帽子照、照镜子照……这些道具不需要我们有很特别的pose，正常发挥道具的作用就好，就好像你在讲述着你与道具难以割舍的故事。

如何避免走上在照相馆里拿道具却显得动作无比生硬的不归路？重点要入戏！忘记这是在拍照，彻底沉浸在你与道具的关系中，不要看镜头！

摘花就要有真的去摘的样子，骑车就专注于骑车，摸狗狗的时候就看着它摸，千万不要边做样子边直视镜头，还比画着剪刀手说“耶”，败笔就在于——好好的你看什么镜头啊！

要论摆起pose的话，多人照比单人照更容易拍，人就是最好的道具。双人照时，两人相互迎合，不用再对空气笑，追着空气跑。即使是简单的对话过程，这种互动性就可以避免许多气氛上的尴尬和动作上的僵硬。两人可以上演一出双簧，你来唱我来和，比单口相声轻松许多，再加上摄影师，三个人一台好戏。碰上多人合照，那就更是一场有意思的舞台剧了。我把任何除了自己之外多出来的人或物统一视作“道具”，你会发现，亲子照、爱宠照、孕妇照基本上动作都不用怎么刻意去摆，那种自然而然对多出来的那个“道具”做出的各种下意识动作就已经是最好的pose了。

所有的pose都要本着用“绳命”在演戏的原则去拍。我们在看电影的时候，明明知道演员们在演戏，却被煽情到落泪，我觉得成功之处就在于演员们不会直视镜头。我们可以将这一秘诀延伸到照片上，想要“装”得自然，首先不要看镜头。

对比两张，不看镜头的神情显得更加自然，看镜头多少有些为了迎合拍照而略显刻意

有心机的“装”——最美的角度

不要怪摄影师把你拍得不美丽，一半的责任在于你自己。把希望全部寄托于别人，还不如先从自身出发，思考下怎样作好最佳的配合准备。

首先要充分了解自己的优缺点，哪个角度最上镜，哪个姿势比较适合自己，扬长避短。心里要有画面感，能够预想出在哪里、用怎样的姿势拍出来的照片应该是怎样的一种效果，甚至还可以提醒摄影师是不是该在哪里停下，站在哪个角度拍照。要做到不求人，不用摄影师告知就作好随时被抓拍的准备。

说给助人之美的你

如何做个好搭档?

一张成功的旅行作品=天时+地利+人和。风景再优美，天气再给力，摄影师跟模特间的配合不好也不行。

圆她（他）一个当名模的梦吧！大片的产出率请高一些，再高一些！让她（他）看完照片不要再自暴自弃了，让她（他）爱上你拍的照片，更爱上自己，让她（他）高声去炫耀自己的专属摄影师就是你！

你可以尽可能做到手不抖。虚焦是万恶之源，拍得好不好是另外一码事，首先要把相机拿稳，不要让人总有相机随时会掉下去的担心。碰到快门键不要慌张，对好焦，屏住呼吸快速按下去。此时要把自己当成机器人，全身静止，只有手指在动。美景前好不容易摆出一个完美的pose，你却硬是把人家的脸给拍虚了，着实让人着急。本应很完美的照片却仅仅因为虚焦而废弃很可惜，不要让对方失望啊，请对她（他）负责！

虚焦案例

成功案例：分清主次，对好焦

你可以稍微独具慧眼一点儿。要发现对方最美的角度，更加突出这个角度的美。脸大的，在风吹散头发的时候提醒对方注意遮挡脸颊；笑容甜美的，抓住对方笑的时候拍；个子矮的，蹲下来仰视角拍；五官精致却身材不匀称的，多拍些可以看到五官的近景；身材好的，多拍些侧面可以突出曲线、忽略五官的全身照；正面脸没有侧面脸好看的，抓住对方的侧脸拍；背影杀手的多拍背面。总之，抓住优点、忽略缺点，拍她（他）请三思！

成功案例：利用仰视角拍摄，可以使模特身材比例看起来更加修长

失败案例：站的位置有了明显参照物，就变成了高高的车厢和矮矮的我，更加突出了缺点

你可以稍微懂点儿构图。那些理论上的十多种构图法在网上都可以查到，我就不多说了。我想说的是：咱能别只拍个头，就在脖子那断片儿了，或是都拍进全身了却在脚踝处戛然而止了吗？一些特殊创意的构图先别考虑，常规的构图对于初级玩家来说依然是必须的。一定要杜绝“断头、断脚、断臂”等惊悚构图啊！

失败案例：这不，被断头了！每次看到同伴拍了这种照片，都怀疑对方是不是恐怖片看多了，这种“美感”是常人无法理解的

成功案例：新手应该对半身照、全身照、特写稍有了解，该取到哪里就尽量中规中矩一些

令人头大的还有永远无法把相机举水平，总给人一种人歪了或是楼斜了的错觉。虽说故意有角度地斜着拍也是一种技法，可你那明显是没拿好，直不直、歪不歪没有构成任何美的角度的偏离算是怎么一回事呢？托举相机一定要到位啊！

成功案例：若是刻意想拍有角度的照片，倾斜角度一定要把握得当，才能让画面看起来有动感的舒服

失败案例：相机托举又没到位，倾斜角度让人感觉海平面歪了或是我快倒了，很不舒服

成功案例：改正倾斜角度后，视线回归了正常的水平状态

成功案例：为了突出完整的高建筑物，可倾斜相机到需要的角度

失败案例：我们看不到照片中人物头部转过去的那一侧眼睛所看到的任何内容，感觉人的表情动作与景致不协调，不耐人寻味，若改正转动方向，或是把人物放在照片左侧取景，会搭调一些

还有一点，就是构图一定要配合人物的表情和动作，人家明明在侧身向右看并陶醉地微笑着，结果正当人们想看看那有什么好内容的时候就截住了。左边空了一大块，人拍在了最右边到头的地方，这会让人感觉好像笑错了方向。要拍出耐人寻味的故事来啊！

成功案例：人物居左，眼睛所看的一侧恰好空出大半空间，让人自然而然地跟着照片中人物一同看海，感同身受

你可以同时眷顾一下背景。光拍人不难，光拍景也简单，人物与风景的结合的确不容易，可是要拍好了，那将是多么美的一幅人物与风景遥相呼应的大片啊！

以景为主体时，若背景实在干净得无聊，可把人加进去为其添彩，所谓的大场面，也都是经人的点缀、对比后才恰得其妙

以景为主体的时候，可把人拍得小些，脸和表情不是那么清晰，大家的注意力会全部放在景色上面，同时人物的位置也有说道，要放在稍微“空”一点儿的地方，不要挡住好景色

分清主次

以人为主体的时候，背景干净些为妙，背景太杂、内容太丰富会抢了人物的彩头，显得人物是多余的。以景为主体的时候，可把人拍得小些，脸和表情不是那么清晰，大家的注意力会全部放在景色上面。同时，人物的位置也有说道，要放在稍微“空”一点儿的地方，不要挡住好景色。若背景实在干净得无聊，可把人加进去为其添彩，所谓的大场面，也都是经人的点缀、对比后才恰得其妙。

以人物为主体，背景要干净不抢眼

躲避原则

一些影响画面的物体能不拍进去的话最好避开。周围有人、地上有垃圾、旁边有电线杆等，利用伸缩或移动镜头避开，此时不要偷懒，多动动，可以少去只能后期修掉的烦恼。请尽量考虑周全。

失败案例：阴影挡在人物脸的一侧，造成了阴阳脸。适时提醒拍摄对象注意避让

失败案例：身后树干恰好在头部上方露出，让人产生头顶大树的错觉。所以摄影师在拍摄时要适时移动相机，注意借位

为了突出被枫叶遮住的天空，取景到人物头部以上

突出趣味点

拍照时，人物跟风景的比例要协调，有内容与无内容的比例要分配好。最明显的例子就是碰到有蓝天白云的天气，若人站在没什么看头的柏油地上，拍全身时，应该是天多拍进去一点儿，地少拍进去一点儿，甚至只拍到鞋底过一点儿即可，可突出天的部分。碰到阴天灰蒙蒙一片的天空时，若人站在满是落叶的地上，此时地上显得非常有内容、有看头，那么可重点突出地。请注意取舍。

特写地面

此时天与地都很有看点，可自行取舍，也可平均分配

你可以时不时地有点儿幽默感。适当的时候，注意调节一下气氛，避免对方在镜头前过于紧张导致身体僵硬，表情不自然。她（他）可以害羞，但你得脸皮厚些，可以尝试着用聊天或者逗乐的方式让对方在轻松活跃的氛围中渐入佳境。比如说："快看你左前方，有美女哦！"赶紧抓拍一个最美的45度侧脸照；"哇！你今天怎么这么美！"一个赞美，换来一张笑颜照；"头发乱了哦！"疯狂抓拍不经意间拨弄发丝照。所以，人物表情好不好，全靠摄影师来逗笑。

你可以稍微勤快点儿。你不要站在哪里，就在哪里随手拍了，脚步前后左右勤挪动，为了矮子和高楼，不要嫌蹲起麻烦。多找几个角度拍拍，只站在一个地方不动，拍再多张也是大同小异。脚步勤快的同时记得手也别忘了动，通过转动光圈来寻找最佳比例，旋转相机思考横构图还是竖构图。千万不要因为懒惰，抓起相机就随便拍，请给对方一个认真的态度吧！

失败案例：从这个方向来看，树挡住了人物身子，只露出了头，显得很多此一举，光圈也需要放大调整

成功案例：摄影师移动了位置，抬高取景高度，放大光圈，人物比例和构图都变得合适了

失败案例：看上去满眼是这样的景象，一时内容太多，没有头绪，抓不住拍摄重点便随手拍了

成功案例：锁定拍摄重点，挪动脚步寻找合适角度，调整到最佳光圈。相比失败案例，画面变得有条不紊

请你时刻保持快门模式。请自觉一点儿，不要等对方让你拍的时候才举起相机。众所周知，抓拍是有感大片的王道，不经意间的神情举止才是最自然的，摆拍很傻很天真，很假很僵硬。这里需要加强的技法是眼尖手快会轻功。巩固以上几项，时刻观察对方，发现美妙瞬间，迅速乾坤大挪移到最佳拍摄点，光圈飞速转动到大小合适的地方，快速定焦，果断“咔嚓”，这几步过程要在对方美妙瞬间收场之前完成，要本着稳、准、狠的三大方针。实在是找不准节奏怎么办？使用连拍模式，搞定任何瞬间！抓拍要合时宜，不要在对方充满期待地想看到自己优雅地享用美食的模样时，看到的却是大口塞饭的狼狈，或本应是沐浴阳光的惬意，却不巧被你拍到被阳光晒得打喷嚏的窘相……为了避免她（他）萌生想打你的冲动，切记抓拍要识相啊！

成功案例：抓拍瞬间美态，眼睛要犀利，手脚要麻利，需要多用心观察对方各种细节，欲估有情况，快速上前猛拍

拍摄人物就餐时要特别注意时机

失败案例：抓拍不合时宜。请问我这是抽风了，还是怎么的了？凡是碰巧抓拍到我窘相的人，我觉得他们一定与我有仇

态度决定质量

想要怎样的照片，就要为之付出相应的行动。寻求高水准的另类，就得经得起暴晒、扛得住严寒、忍得了蚊虫……努力争做一个不怕脏、不怕累、吃苦耐劳的好模特儿，具备为了照片而奉献一切的精神。我常常为了寻找一个满意的拍摄地而上网查阅相应的资讯，为其准备合适的衣物，再配合着“剧情”的需要，或是在桑拿天汗流浃背地笑着奔跑，或是迎着西北风笑着而被吹得瑟瑟发抖，再或者明明累得快要晕倒却瞪着眼睛硬撑住身体，直到照出满意的照片为止。倘若只当“演员”倒是没什么，要命的是，还是要充当导演的角色，常常自编自导自演的同时还要顾及摄影师的感受。因为朋友和家人对摄影都不是很在行，每次拍摄前我都要对其进行一次初步的教学，再在拍摄每一张的同时进行详细的指点。这么拼倒也不是为了别的，只是想既然来到了目的地，希望得到些照片，那就尽量把态度放端正些。虽然是草根，但也希望有个专业的样子，别浪费了快门和大好的时间。

旅行照片“高大上”的真谛

怎样把任何旅行照都拍出高端、大气、上档次的杂志感觉？唯一的秘诀就是：把任何地方都当作在马尔代夫度假般对待；任何天气都依据海边艺术照标准着装；任何pose都摆出“维多利亚的秘密”的超模样子；把任何同你出游的伙伴都当作世界十大摄影师来调教！学好了，不管是“走沙漠”，还是“踏草原”，旅行大片不是梦！

女神进化论

我常常指挥同游的伙伴，你看！这光儿！这影儿！这小嫩草儿就这么飘着，小风儿就这么轻轻地吹着，你就乖乖在这儿站好哈！相机就这么举着，姐要过去来一个露面儿，就凑成一幅浑然天成的好照片了！——一张佳作的由来。

所以，照片拍得没达到你预期的效果时，首先不要责备你的同伴。先想想，有没有把你如何拍摄的思想传达给人家，或者是你脑中是否有预想的画面呢？如果没有，怎么能要求一个完全没接受过专业摄影训练，和你同样心里没谱的人来把你拍得美美的呢？如果没有达到你预期的效果，也就不要怪人家啦！“找到个会拍照的男朋友，瞬间变女神；找到个不会拍照的男朋友，女神也变屌丝”之说，绝对不是完全正确的，我坚持我“找到个会拍照的男朋友，瞬间变女神；找到个不会拍照的男朋友，自己先学会拍照，再指导他配合你变女神”的观点。

用了什么相机

经常有朋友问我："照片好漂亮啊！用什么相机拍的？"倘若单指一张照片，那我回答起来就简单了，如果是对我所有的照片发问，叫我怎么回答呢……

从手机到傻瓜机、微单，到单反，甚至自拍神器这坑人的玩意儿都被我全部利用上了。拍摄风景、拍摄人物，感觉来了，手边有什么就抓起什么"咔嚓"。对于机器，我是真不挑啊，咱又不是出画册、上展览，对图片质量要求那么高干吗？重在参与嘛！其实懂得越多，下手越难。常遇到这样的情况：等我参数调好，想抓拍的趣味点早已不在；等我光源测好，模特的笑容早已倦怠；等我三角架立好，落日早已被云彩掩埋……待我长发及腰啊亲！待你长发

及腰？黄花菜早凉了，好事儿还能轮得上你？！吸取这个教训后，我痛改前非，装起业余来，拍摄更加随心所欲。睁一只眼闭一只眼，知道越多，反而越累，何不痛痛快快、潇洒拍一回！管他美不美，欣赏自己的片儿，让别人说去吧！拍摄是一种心情，是一种自我欣赏的态度，是一种留住美好的快感，跟专业无关！

GF1

使用了高端的器材并不等于就会得到好的照片，画面质量有了保证并不等于抓住了感觉。器材这东西是因人而异的，器材再好，使用起来不顺手，也是白搭。用高端的器材，却只会用“自动模式”和无休止的肆意狂按快门，对器材来说是一种浪费，快门是有寿命的，无用的损耗就好比一个胖子本来就“三高”，却非要大快朵颐地吃肉。对于一按快门就失控的“手抖党”们来说，不论相机好坏，效果是一样的，唯一不同的是虚的级别。如果你说老子就是有钱，用坏了再买，那就当我的忠告是空气便可。

说到器材，我真不是一个称职的好玩家，真不如经常泡在各种摄影网站上的大叔们懂得多。镜头从三年前开始就只有一个红圈24-70配，CANON-5DMARK2的机身，还有一个携带方便、操作简单的微单，家里闲置着一个买来就没用过的Lomo Diana F+和一个很卡哇伊的富士立拍得HELLO KITTY，最近又跟风新入手了一个传说中的坑爹自拍神器。朋友们听说我是学摄影的，经常让我给推荐相机，这着实让我很为难，我真的不是器材党，不是钻研机子的发烧友，问我买什么相机好，我真的不知道啊！

如何让有限的器材最大化使用

用我一双拖鞋走遍沙漠、海滩和草地的精神去举着“一机一头”走遍天下。毕竟真正懂摄影的家庭还是占少数的，多数有单反的家里可能只是有一部相机和一个镜头的状况。对于非专业玩家而言，每年只出去拍那么几次，器材买太多也没用，只能闲置着。那么，怎样把有限的器材实现利用最大化呢？在这里，我要很不负责地引用那句：“有条件要上，没有条件，创造条件，也要上！”当然，这只是对像我这类自娱自乐型的人来说的，若想去参加个比赛拿个大奖回来，那还真得重装上阵才行。我平常外出旅行对照片水准要求不高，喜欢轻装上阵，不拍月圆和花蕊等特写镜头，一套相机搞定一切美好瞬间。

如何拍出“好照片”

大片起点四步走

有人说：拍照片有啥难的，快门谁不会按？但是，真想拍出人景结合的佳作，可不是靠胡乱按一气儿就可以实现的。许多人反思，自己摄影技术过硬，审美感尚佳，玩摄影也有一阵子了，可怎么就越来越抓不到精髓，好像卡在了瓶颈。

那我只能告诉你，还是平时阅览量积累得不够。

走出僵局第一步：

多看！就像学美语口语，首先第一步就是多听。不知从何下手的根本原因是因为脑子里没有，没有预想出的画面，才不知道拍点什么，怎么拍才好。这种情况下乱拍、瞎拍，到最后的结果是没有一张可心的。要想解决“空”的烦恼，需要多去用眼睛看，看些知名的摄影师拍的画册，看些摄影展，加大浏览量，让心里有底，为脑子填空。就好比去相亲，看了一圈儿才知道最想要哪种类型，否则永远会被困在臆想的枷锁里。

第二步：

模仿！同样像学习美语口语，先模仿正宗美式发音。多看你喜欢的摄影作品，尝试简单的模仿，别害怕会丢失自己的风格，风格都是人定的，大师们也都在互相借鉴。

第三步：

大师作品看了也学习了之后，要尽量避免一些基本错误的发生，例如在光线、构图和对焦上，加强摄影技术的同时多拍多练，勤能补拙，熟能生巧。切忌懒惰！站在一个地方不动只会让你重复得到不满意的作品，“满意”和“不满意”都是在对比中得出的。勤挪动步伐，多拍几个角度，手脚并用，光圈多转转，远近拉伸都尝试尝试，多张照片一对比，理想与不理想一目了然。此理又可套在相亲法则中，普遍撒网，重点选拔。

第四步：

时不时翻阅下拍过的照片，进行自我总结。可能在拍照的过程中由于抓拍时间不足或是考虑不周，没有达到预期的效果，看看旧照片，自己研究研究，下次该注意改正些什么才会更加完善。这就跟考试后需要翻看错题，并总结出是哪一步出的错一样，这也是一个进步的过程，帮助回忆美好瞬间的同时又可以更好地留住下一次美好，这简直比看错题享受多了。

手机作品iPhone5

手机也能拍大片

日前，“一机在手，走遍全球”的旅行方式正以迅雷不及掩耳之势席卷而来。而我在赞赏这种随意又轻松的旅行方式的同时，又不得不赞叹高科技的发达为人们的生活带来诸多方便，手机拍照软件开发得逐渐完善，为我等拍照控们带来无法自拔的乐趣。

平日我的旅行照尚过得去眼，所以朋友们常向我提出与“旅行”和“摄影师”挂钩的疑问：“是不是出游还带跟拍摄影师啊？”“你男友是摄影师啊？”“是在当地找的写真馆吗？”

我想这样回答：奥妙不在于你的朋友是不是摄影师，而是在于，你，是否培养了一个摄影师！跟我一同出游的家人或朋友，没有一个是做摄影师的。摄影不是一门很难学的手艺，重在感觉，只需简单的操作即可完成。其他的，留给模特去自由发挥吧！对于入门级“拍手”，只要舍得按快门，随便“咔”个100张，我就不信这100张里挑不出来一张还可以的！

手机作品iPhone5

手机作品iPhone5

手机作品iPhone4

手机作品iPhone4

手机作品iPhone5

如何带领同游拍大片

与不懂摄影的父母或朋友一起出游，为了方便，我会把相机调到自动挡，对拍出来的效果虽有影响，但并无大碍。

如何教父母

父母的摄影水平属于只知道按快门，不懂如何定焦，就连手机拍照都会虚掉的那种级别。但这并没有打消我寻求协助的积极性，我坚信活到老就能学到老，只要经过我耐心地指导，老父老母也能胜任旅行跟拍。

我为他们准备的是屏幕可见取景框的简易傻瓜机。拿母亲举例，遇到我灵感大爆发时，先为母亲拍一张试试效果，回放给她看看大概是怎样一张照片，心里好有个数。然后互换位置，帮母亲把拿相机的角度也纠正好，最后让她照猫画虎，像我拍她一样拍我。

虚焦是个大问题，对父母不要奢望更多，能够正确对焦已经蛮好，还管什么构图和光圈调节，只要把小红点对在我脸上的，都被我视为佳作！最适合父母的拍照模式是连拍，拍得不好至少还有几张备选的，除去最不好的几张，剩下的就是我最满意的啦！

母亲摄影，满意作品之一

母亲摄影，满意作品之二

如何教朋友

遇上懂摄影的朋友同游自然是最省心的，但如果遇上不懂摄影的朋友，我依然不发愁，而且会信心满满地带上专业单反。年轻人接受新事物更快，按照指导父母的套路来，说不定几天之后同伴都直达专属摄影师的高度了。

互换方位，我觉得这是最简单快速将同游变跟拍的方式，麻烦是麻烦了点儿，但最能达到预期效果。回来看看收获，辛苦的讲解，值了！

不用担心对方会嫌苦嫌累找碴儿罢工，爱美之心人人都有，给同伴翻看下你帮他们拍的照片，再加几句美言，顺便也赞许下别人的劳动成果，“哄”这招一出，彻底征服各种抱怨。

Chapter3 无关痛痒的留学生活

要我说那最震撼的还得是这金门大桥

有时候想想，很感谢父母，可以给我提供充实的经济基础，并在思想上引导我走上出国留学这条突破自我的路，使我平淡的人生里可以加上这段精彩的经历。不管过程是艰辛也好，欢乐也好，我把它当成一次长时间的奇幻之旅。

为什么是旧金山

在选择学校的时候，同时寄来offer（录取通知书）的，除了旧金山，还有芝加哥、洛杉矶、纽约的三所学校，去网上稍微查了一下各所学校学生对校区的满意度，旧金山的这所得分最高，所以我的最初判断是旧金山，最终判断还是旧金山！管他什么洛杉矶可以借众多熟人的一臂之力，管他什么人生地不熟的举目无亲，我脑中只有一个想法——旧金山的学校好，城市小而美，我要在最美丽的地方度过我“孤苦”的留学生涯。对，我就是奔着加州的阳光去的！

烦琐的出国准备

出国前的准备是个相当烦琐的过程，半年时间里要一项一项按部就班地准备零零散散的递交材料，拜访在校导师请他给自己写个看起来不错的推荐信，一趟又一趟地跑去学校档案室打印成绩单，不停地给各种学校寄申请、办该办的卡，一次又一次地考永远考不完的托福，等等。直到花了1000多块钱预约了签证时间，直到去美国总领事馆排了2小时的队，小心翼翼地回答了签证官的几个问题，直到在他一锤子敲下去的那一刻，才终于被鉴定完毕。6个月的忙碌，终于换来了可以去美利坚喝洋墨水的资格！

而之后的1个多月里，时间过得像飞一样快！经常听留学生们说美国就是个大郊区，想买什么都要开车到很远的地方，我自然也像得了魔怔一样地总觉得去了三藩应该什么生活用品都买不到，所以几乎每天都处于采购状态，大到被褥、小到笔记本，甚至连有线电话都带上了……听说美国的牙膏很贵？带上几支！天气太冷怎么办？热水袋带上！自己做饭没电饭煲？采购个史上无敌小的带上！泡面！还有泡面！等等，还要加上碗筷才对！去了一定要写很多作业吧？本子五六个，笔来个十来支！三藩天气多变，一年四季的衣服鞋子全从我的衣柜里搬出来了，统统带走！是不是还要送同学们点儿见面礼？又买了一堆超级本土化的纪念品，包括死重死重的上海特产——硫磺皂，N多块……

就这样，把家里所有大箱子都翻出来了。幸好小学住过6年校，打下了扎实的打包基础，经过我3天不懈的努力，4整箱满满当当的超级大号行李就这样冒着即将超重的危险被打包好了。这沉重的使命交给了我和爸爸两个人，每人限带2个，谢天谢地，谢谢爸爸可以送我去留学……我想，说到这里想必会有部分人在笑话我，我这么大人了，出国还用老爸送。没办法，女儿是个宝，老爸保护好，从小学到大学都有接送，车子换过数辆，接送我上学却是永恒不变的主题。

赶飞机

时间在一天一天地过，虽然每天都在掐指倒数着离开祖国的日子，但其实只有到赶飞机那天，换好登机牌后准备去安检了，心里那份不舍才真的浮出来。尽管只是暂时的离开，尽管只有短短3个半月，但是这种距离上与时间上的差别，以及对美国的陌生感，让我莫名地湿了眼眶。妈妈当天表现得异常烦躁，并借小事与我闹不痛快。我哭着进了安检口，妈妈借着不痛快打发我快点儿进去，没有表现出一丝的不舍，但我知道她一定是想哭却强忍着，又怕被我看到，可能这种不耐烦只是一种对留恋的掩饰而已。很奇怪，从前出国去旅行，都是喜悦地期盼着，欢欢笑笑上了飞机，而这次，其实从时间上来说可以看成是次长时间的旅行，但使命不同，我这是要去重新建立一个异国的小窝了。那种强烈的怕生与畏惧感充斥着我胆小内向的心。

这是我第二次来美国，也是我第二次来旧金山。距上次，已有整整10年之久，那时还在上初中，一次夏令营的机会让我对美国有了初步的认知。这么多年过去了，记忆中只剩下在金门大桥前的到此一游，以及回来不久美国就发生了“9·11”……

其实爸爸也没有很深入地来过旧金山，他不会说英文，他的陪同充其量也只是给我起到了一个壮胆的作用。旧金山到底是个怎样的城市？城市与郊区怎样区分？学校的具体位置是哪里？我的宿舍又在怎样一个区？生活用品要到哪里去买？……这一切的问题对我来说都是未知的，只知道我要去读研究生了，当时我脑子里真的是连半点儿去思考的概念都没有，懵懵懂懂就去了。现在回想起来当时的自己是多么无知啊，我为我的无知感到后怕。好在爸爸的朋友李叔叔特地从洛杉矶开车赶来接我们，较早移民的李叔叔可谓雪中送炭，终于把我和爸爸从“抓瞎”中解救了出来，而真正的挑战却在前方静静地等待着我。

令我吃惊的宿舍

下了飞机，我们没有半点儿闲心欣赏旧金山的美景，马不停蹄地直奔Geary Street（吉尔里街）的宿舍。当然，当时的Geary Street对我来说也只是一个很陌生的地址而已，并不知道原来这一块就是传说中的市中心（downtown）。来之前，我脑中曾经构想过无数个宿舍的样子，但当我踏进宿舍的门槛时，我却惊讶地发现跟我预想的完全不同，曾经有过千千万万种预想，却没有一个吻合的，我该说是失望呢还是失望呢……迎接我的是两个同住一栋楼的女学生，一个黑人，一个白人。她们自称是RA，也就是宿舍的管理员，并很热情地打招呼，让我填各种入住表格。我也很想以热情的方式来回应她们、介绍自己，但当我张嘴时，我发现我什么都说不出来，最要命的是她们说了什么我几乎听不懂！听不懂……尤其在我听说整栋楼目前为止只有我一个中国人时，我的心……一种畏惧直压我心底，天！我无法形容当时我有多害怕，感到多失落，这让我想起了小时候第一天上住宿制幼儿园的感觉，甚至比那更糟，因为我竟然连基本的交流都显得异常困难……更让我失落的是当我坐老式拉门电梯上楼，找到门上贴着我大名的那间时发现，由于名字太长，还给我拼写错了，shuangjia写成了shaungjia。好吧，我就不怪人家了，毕竟对美国人来说这是多么难写。就在推开房门的那一刻……我选择的是一人住的，带独立浴室的单人房，我曾经幻想过我的单人房大概是现在中国高等院校研究生宿舍的样子吧，应该比那还宽敞点儿吧，结果推门后的场景让我目瞪口呆！这铁结构的上下铺的两张单人床，一米二的宽度，铁结构的折叠书桌2个，没有门的50厘米宽的衣柜，包括1平方米的盥洗室，在房间里的洗手池。对！还有个小冰箱和微波炉，好吧，包括一个挂在顶端的电视在内，总共10平方米……倘若放下4个箱子，那便没有下脚处了。这10平方米的小北屋就是我在美国的小窝了，将伴随我的留学生涯！我自我安慰着，麻雀虽小，却五脏俱全，你看连床和桌椅都是双人份的呢，让我独享，多好，而且还有24小时提供热水的独立浴室哦！

床头有一扇小窗子，可以给我半点儿光明。我隔窗相望，对面飞来一只鸽子，大概是小鸽子看我太孤独，过来陪我待上个2分钟吧！这是我到了美国后拍的第一张照片，我的第一个小伙伴！凉风吹得有点儿冷，欲将小窗关之，可这窗怎么关？好嘛！下拉式的老木窗，配着木质老楼、铁质手动拉门电梯，一切的一切都是老式的，绝了！我这是回到几十年代了？

与我对视的小鸽子

初步采购

放好行李，李叔叔又带我们去超市采购了必需品，对于旧金山这个小城市来说，去哪儿都不远，一会儿就到。到了超市，我是直拍大腿啊！后悔带那么多死重死重的生活用品来，被褥、锅碗瓢盆都有啊！再看看价钱，非常公道，按人民币来算，烤面包机100多元，吹风机200多元，电饭煲100多元，被子100多元，重点是不用转换器，连传说中很贵的牙膏也是从十几元到几十元不等！这价钱比国内的进口超市还公道很多啊！是谁跟我说的牙膏死贵，于是乎害得我带了好几管过来的……又是无知犯下的错！

新生活伊始

等我的小窝收拾好后，为期一个礼拜的orientation（适应）期就在各种选课、报到、采购中度过了。而我也认识了全校仅有的几个中国小伙伴，心里的孤单终于有所缓解，就像抓住了救命稻草一样死黏着他们。人生中的许多第一次被刷新：第一次走半小时山路去上学；第一次学做饭；第一次背着相机拎着几公斤重的吃喝用的东西，走很远很远的路；第一次我变成了哑巴……而让人羡慕的“老爸送”也没持续多久，说好可以陪我10天的爸爸，见我第二天去学校报到时遇到了中国小伙伴们，食言地只在旧金山住了一个晚上，便跟李叔叔去洛杉矶了，再也没有回来看我。我哭着拉着爸爸说再陪我几天，他敷衍地安慰了我几句便头也不回地上了车……上了车……我的心突然就空了……只身一人背井离乡，所有家人都远在大洋的彼岸，加上那该死的时差……永远无法忘记那种感觉，是一种直戳心底的孤寂。

路边普遍设置的自助洗衣房。离开家门不会洗衣服不要紧，但你必须得懂怎么用洗衣机和烘衣机！来美国第一次洗衣服的时候，我琢磨了好久

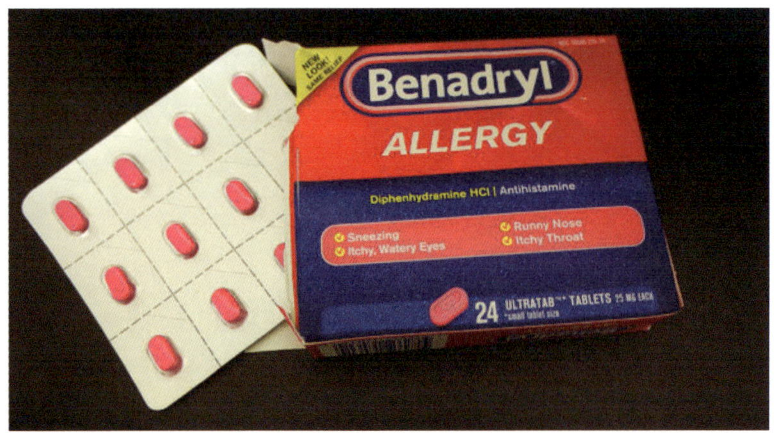

多么妖娆的挚友，在我英文表述能力极烂的情况下Wall Green药师给我拿的，据说能帮助倒时差的药

该死的失眠

也不知道是太过思念了还是时差怎么的，失眠竟然困扰了我十天之久！凌晨四五点才能睡着，八点就要起床，然后各种忙碌直到深夜，而一到下午三四点就开始犯困，一整天下来疲惫到不行却还是睡不着。睡不着的时候，我会打电话给过着北京时间的妈妈，妈妈替我着急、替我上火，却以骂我的形式来刺激我。无奈之下打给朋友，朋友们也顶多是安慰几句。真正能帮上忙的也只有安眠药这个挚友，几日，我便养成了“失眠不求人，困扰就找药”的优良品德。每天深夜将至，苦水犯上心头，边擦泪，我边在想，何苦来遭这洋罪，上海的生活多滋润啊，二十几年来最差的处境也不过如此了吧。

崭新的我

时间一长，跟中国的小伙伴们混熟了，失眠逐渐有所好转，听说能力慢慢提高了，“哑巴状态”稍微得到缓解，可以蹦出点儿英文了，我终于慢慢走出了思乡的阴影，留学生活才逐渐步入了正轨。

对于初入美国的我来说，真是看到什么都新奇，受专业的影响，我跟同一个专业的小伙伴们相约，每逢双休日就会带着相机去外拍。看到好看的景色，好玩的人或事，就马上拍下来。我们要把旧金山最美丽的风景留下来。

无辜的海鸥像靶子一样被我们“疯狂扫射”

重新认识摄影

大学读了4年的影视制作专业，我说这回读研我要改改，把动态video（视频）换成静态photo（照片）来得更简便直观，那就选摄影专业好了。哪承想，摄影这行对姑娘来说也不是个容易的事，沉重的摄影器材对于我这个弱小的姑娘来说更是负担，这个状况大约持续了一个月。第一次去上H教授的special projects（特殊项目）课时，他得知我是新手后，亲自带我去图书馆给我找了许多书看，然后问我用的是什么相机，我说“Canon 5D Mark2”。他用茫然的眼神看着我，问我那是什么相机，我说很大很重的一个。我也用很疑惑的眼神看看他，难道在中国这么有名的“无敌兔”他不知道吗？可能他不是器材党吧。他笑笑说那岂不是很不方便携带？我说是啊！随即他去工

貌似微型单反更适合我这种娇小身材的女生，拿起来更加自如

抬头一看，这个校牌挺“interesting”的啊，“咔”一张！

作室拿出了一本很厚很厚的摄影器材年刊，里面所有型号的相机、镜头、脚架等配套零件应有尽有，每款介绍得都很详细。他翻开其中的一页指着一个Panasonic的微单对我说，你可以买一个轻便些的小相机，方便平时的随身携带。“Interesting，ka! Not interesting，no!”（感兴趣，“咔”！不感兴趣，不照！）他边说边做了一个按快门的手势。他知道我英文不好，用很耐心很慢的语速跟我讲话，还带着形象的肢体动作。倘若我还不懂，他会把单词写在纸上给我看。H教授很和蔼可亲，年近七十、不高、一头白发、天蓝色眼睛，永远是一条米白色裤子，短袖T恤，New Balance（新百伦）运动鞋，一手搭着外套，一手拎着矿泉水瓶。没有特殊的艺术气质，没有别的教授打扮得有范儿，没有文身。从H教授的课上，我对摄影的认知有了根本性的变化。我知道了对于一个好的摄影师来说，器材不是关键，他们的作品给人传达的是一种摄影师对作品的想法，用他们的话说就是这个“ideal”才是根本，要用脑子。而研究生所要做的，也并非是要学习摄影的技巧或是鉴别器材的好坏。教授们所要培养的是摄影系研究生，要培养这些未来的艺术家的思想之所向，一个整体的思维和概念。教授们从来不叫我们学生，他们直呼我们“artist”（艺术家）。从此，我放弃了购置各类“长枪短炮”来炫我作品效果的念头，火速Amazon（亚马逊）了他推荐的Panosohic GF1，形影不离地带着，轻松自如地拍我感到interesting的事物，每两个礼拜把作品给H教授看一看，脚踏实地去做一个“artist”。

留学生都会做饭

说到“做饭”，留学生跟做饭真的是有密不可分的关系。一般在人们的概念中，留学生住的地方大多都在郊区，下馆子不方便，物价又贵，所以几乎所有的留学生都要学会做饭，才能在国外饿不死自己。老阿姨也经常会用赞许的语气上下打量着你说：“啊呀，你是留学生啊！那你一定会做饭！”而出国前特地去学了个二级厨师证的牛人，真的有！！就说我吧，出国前从未想过还有做饭这码子事儿，更未想过来美国首先学会的手艺竟然是做饭！这都归功于来自广东的同学MO！在报到第二天，我就认识了同宿舍楼的MO，热衷于做饭的MO便拉着这里除他之外唯一的中国人——我，每天晚上做饭！就这样，每天晚上我们会去各种大大小小的超市以及Chinatown（中国城）买菜，借用隔壁楼hostel（旅舍）的公用厨房烧菜。hostel的火真的是小到让人急得发毛！我们边等菜出锅，边慢吞吞地打探

圣诞节，我与小伙伴们去与渔人码头奢侈一把！吃次螃蟹大餐吧

周围的外国人都在烧啥。这个看看，意大利人，下着面呢！那个瞧瞧，看不懂在做啥，一问，希腊的。咦？这个人怎么在菜里面加上了饭？好嘛！原来美国人也爱吃米粒儿！而人家一看我们自带了老抽、生抽、鸡精等各式瓶瓶罐罐的调料，笑着说："Aha，Chinese food！"（啊，中国美食！）好吧，不然咱中餐怎么会这么可口呢！就这么东张张西望望，烧个饭要用一个半小时，用了hostel的碟子要给人家洗干净，每个晚上宝贵的两小时啊！都耗在做饭上了……不到一个月，我跟MO说："我罢工了！我不干了！"

生活在旧金山的downtown真的很方便，周围遍布着大大小小各式各样的饭馆，美式、中式、泰式、越式、法式……只有想不到的，没有吃不到的，只需抬腿便到！如果单看价钱，跟在上海下馆子差不多，倘若加上税和小费，就略微高了！同是吃货的ZOE和阿B与我约好，每晚放学后都来个三人的聚餐，我们吃遍旧金山的大街小巷，那便是我每天最快乐的时光！而省下做饭的两小时，我就用来学英文、写paper（论文）、改作品，并无空当。

与小伙伴在我凌乱的房间里品尝着我们自己动手做的晚饭

我的俩邻居

宿舍楼以前是一座hostel， 翻新后被学校用作留学生和本科生的混合宿舍。美国人就是开放，此栋楼男女都有，中间还夹杂着不是学生的本地人，门上标明："occupied"（有人使用）。宿舍楼共两栋，相隔两个block（街区），都与学校独立分开，30分钟之遥，在地理位置非常方便的闹市区。碰巧我的两个邻居都是女生，与我一样是独住。左边住着短发、矮矮胖胖、耶鲁毕业的高才生，称自己是同性恋，戴着一副哈利·波特式的圆框眼镜，暂且叫她"小眼镜儿"。小眼镜儿人还不错，见面会跟我打招呼，不过一到晚上咋就那么爱笑呢！"嘎嘎嘎"地笑个不停，吵得我睡不着啊！无奈我选的课都是在早上，只能打给轮流值班的RA，话说外国人的工作能力培养得很

好，整栋楼没有管事的阿姨或是老师，全部由学生RA来管理。RA的电话号码只有一个，工作手机由值班的人拿。投诉后，RA会上来警告。待RA上来警告后，我依然可以听到笑声，仔细听，这哪是小眼镜儿的房间传来的啊，这明明是我右边的邻居在笑！从那天起，我便留意起了住在右边的邻居，黑发、高、壮、胖！鼻孔有环儿，手臂有tatoo（文身），硕大的身子走在木质的宿舍楼过道里响声极大，尤其经过我房间的时候，强烈的晃荡感会贯穿我整个房间……左右都是美国人，相比之下，这个显得格外霸气！想必是个猛将，算了，我还是不去招惹她了，暂且叫她“胖妞”。“胖妞”每晚都很high（兴奋），像磕了药似的“嘎嘎嘎”猛笑到凌晨三四点钟，经常带着男性朋友回房间一起“嘎嘎嘎”地笑。我就纳闷了，咋就那么开心呢？你这大学生活，咋就那么美好呢？得知她上午都没有课，我郁闷到天明……

西洋镜

倘若你想看怪咖，来旧金山一定是个不错的选择。同性恋出奇地多暂且不说，一些奇装异服、思想怪异、不合乎中国人常理的怪咖遍布downtown，甚至弥漫到我们这纯艺术学院……走在downtown，Union Square（联合广场）周围街头的艺人每天耍着花样逗路人开心，大多很敬业，装雕塑人的每天都把自己涂得煞白，一动不动，唱歌的流浪歌手边唱边卖自己的碟片，跳街舞的黑人怎么高难度就怎么跳……大家守着自己的地盘，各卖各的艺，互不干扰，甚是热闹。走三两步，一低头，流浪汉和他们的狗蹲在那里，举着乞讨的牌子，一些是残疾人，一些是正常人，他们拿着政府的最低保障，可以申请忠狗做伴儿。再走五六步，怎么空气的味道变得怪怪的？就像是在烧野草，好嘛，有人在附近吸大麻了！我未敢碰这东西，但生活在旧金

街头卖艺的小丑

山，你无法不知道它的味道。再走七八步，听到有人在破口大骂，或是絮絮叨叨地自言自语，不要去管他，敬而远之绕道走吧，又是一精神有问题的。听说加州政府把精神病院给关了，所以才导致满大街的精神病患者。他们要么在发泄对政府的不满，要么在抑郁着感情上的失利，但他们大多数不会伤害你，他们只活在自己的世界里。胆小者晚上不要走在危险街区，否则可能会碰到哪个看你不顺眼想过来讨个说法的不说，就光是全打穿满洞洞和穿满环环、从头到脚没有一处无文身、头发染成“洗剪吹”至高境界、身着看不懂面料的奇装异服者在此进进出出，这大半夜正常人看到都会来个一惊！在这个提倡自由民主的神奇国度，请不要以中式的传统思想去看待这周围发生的一切。

这哥们儿够复古

街头随处可见的流浪汉

UPS送货员与远处那有层次感的坡路

作为“学生”

以前总是跟爸爸吵着要买名牌包包，爸爸总说我是个学生，还在上学就不能背名牌包包，等毕业了再说。结果哪知本科总算是上完了，又来研究生这么一遭！我一直抱怨为什么我的学生生涯老是不能结束！来到三藩，我算是被洗了脑，每日经过最繁华的街道，却看不到有多少人背名牌包包，大家都很随意，一切从简。由于三藩几乎都是坡路，有些甚至大到40度！而我要上课的两个校区中，一个要翻越30分钟的各种角度的大坡，一个要走10分钟的小坡再乘坐20分钟的地铁。这让我在国内出门就坐车的双腿充分得到了锻炼，听说长期爬山可变翘臀。几个礼拜后照照镜子，臀部弧度没什么变化，倒是整个人变得壮实了不少。单肩包换成了双肩包，裙子不穿了，换成可以随地而坐的牛仔裤，高跟鞋深藏柜底，还购置了几双跟脚的平底鞋，以学生装扮来继续我的学生生涯。

强悍的“坐功”

同学们都很不拘小节，从我入学那一天起，我就见惯了教室有椅子时坐椅子，没椅子时就席地而坐。对，就是小时候军训练过的那种，只要教官喊“一二三，坐下”，你就得不管任何地方麻溜儿坐下的那种盘腿而坐。但不同的是：人家是自觉的。刚开始看到他们坐的是铺有地毯的教室，觉得很正常，后来到了木质的教室，坐下也尚可，但是再后来去了研究生们的工作室，实打实的水泥地啊！我摸一把还一手灰，人家去了照样那么腿一盘，往石膏墙那么一靠，毫不含糊！我该说他们是随意呢，还是邋遢呢？之后，我也入乡随俗地眼睛一闭，两腿一曲，让屁股扎实地着地，坐！你坐，我坐， 大家一起排排坐，艺术家不分你和我！

我住的那条街，有这样一块特色地面，是每天出门的必经之路

第一次迷路

刚去不久的某天，我跟另外一栋宿舍楼的小伙伴去逛街，回来人家跟我say byebye（说再见），我也就byebye了。bye了之后我才想起来，这是意味着我要首次摸索着找回家的路吗？可是亲，我刚来3天啊，这是意味着我这路盲即将首次面临这么艰难的挑战了吗？心里想着吉尔里街360啊360！找到了吉尔里街，我一个小激动，嘿！找到360不就到家了嘛。不一会儿，360出现了，果断往门口走，咦？怎么是一个宾馆呢？退后看看门牌号，没错啊！问问门口的黑人保安大叔，大叔也说就是这儿啊。可是，怎么就不对了呢？往前走走，又往回走走，就是没见到宿舍楼，小心脏有些微怕地跳，眼看天要黑了可怎么整？我就这样迷路了……前后徘徊了将近半个小时，把手机上的Google地图拿出来仔细摸索，一个惊！原来我把630记成了360啊！这才走出谜团……到家后，我小小地自我表扬了一下，这次迷路没有着急、没有害怕、没有抹眼泪，有了问题完全靠自己一个人冷静地解决，这就是在异国他乡的基本生存法则——任何事情都要靠自己！

又是拿着“长枪短炮，疯狂扫射”的一天

繁忙的学业

如果说在国内上大学是玩了4年的话，那么到国外来深造是绝对没有机会给你再继续玩的，甚至连玩的意念都没有时间让你的大脑产生。每个礼拜都有几个长长短短的paper要写，无数单词要查，N多幅作品要创作出来，几个presentation（展示）要准备。在这里，我们没办法偷懒，论文随便在网上下下就可以的好事是打着灯笼也找不着的。而作为艺术生的悲哀是一边要想着论文，一边还要背着巨重的相机满大街找灵感，然后回来筛选、后期处理，网上买好照片纸，再背到学校，拿到打印室等上几个小时，看着它们一张张被打印出来。这一系列看似并不复杂的过程，如果抽出每天的空余时间完成一件，一个礼拜就这样被占满了……身体的疲惫还不够，利用吃饭、睡觉、洗澡等闲暇时间，大脑还需要去思考自己下一期作品的走向，如何去实现。再来变本加厉一下，忙着学习的同时还要想着如何解决温饱，家里缺什么日用品就需要补什么了，琐事时不时也会来骚扰我一下。这种肉体和精神的双重忙碌是在国内前所未有的。

大家都疑惑着，你都出国了，好山好水看着，饕餮美食吃着，还有什么可抱怨的，出国学习不就跟在国内去外地上学一个道理嘛！但大家有所不知，这是心理上的感觉，无法言喻，我只能说可能是我内心不足以强大到完全不怯懦的程度。这跟去外地上学的不同就是：这是一个完全不熟知的遥远的地方，周围的一切对我们来说既是新奇的，又是陌生的；说话之前需要经过大脑翻译成另外一种语言，而不是张口就来那般随意；发生任何事情不会有任何依靠，唯一的解决办法只能靠自己。跟你同一种类的人很少，更不要想会有同乡，能和同学说上几句话已不错，能变成知己的伙伴在哪儿呢？我只能告诉你，你在想什么呢？表面上友好的伙伴能有个一两个，我就谢天谢地了。想诉苦只能算好时差，通过越洋电话打给永远无法理解你苦楚的家人和朋友。不敢生病，不敢出任何岔子，完全没有安全感可言。这时候才体会到父亲常借用的那句："靠山山倒，靠人人跑，靠自己最好，凡事莫存依赖心，应以自立、自助、自强为本！"山水再好，它不是我的祖国；美食再好，它不是妈妈做的；美国再好，却没有属于我自己的窝。

想家的时候，我喜欢坐在学校的阳台上，晒晒太阳，看看大海，发发呆

某次联合广场爆发的中小型游行

见怪不怪的游行

美国人民真的是很热衷于游行，三天两头动不动就碰到游行。刚去没几天，看到Hilton（希尔顿）酒店门口围着一个小分队，举着牌子在闹游行。这个小分队非常有组织性、纪律性，队伍排得总是那么整齐，口号统一、响亮，且有替补，实行轮流休息制。有时会同时碰到几起游行，各有各的主题，这边酒店游行打着持久战，那边联合广场在某天开启了突发性游行，他们闹个两小时候后换个地方接着闹，一天完事儿！我回到家后，嘿，家门口这家宾馆咋也跟着瞎起上哄了！一天可以看到三起游行，值了！而市民完全没有受游行的干扰，酒店人员照常服务，入住客人正常进进出出，广场的游客若无其事，大家似乎早已习惯这见怪不怪的事端，好一个民主自由的国家！

神奇的Union Square

说起这个联合广场，那可真是老少皆宜、包罗万象的地标式中心广场。看到它就意味着市中心最繁华的商业地段到了，这里有地铁中转站、铛铛车站、观光巴士，无论你想去城市的哪个角落，只要到附近的Powell（鲍威尔）车站便能搞定。这里是购物者的天堂，几乎所有的大型百货商店都汇集于此。这里也是吃货的天堂，来自各个国家的美食餐厅让你尝不尽。这里是大型活动的举办地，万圣节人们穿着costume（节日服装）来此一聚，紧接着会有与纪念碑同高的大型圣诞树在此布置数十天，冬季室外冰场也紧跟着来占地盘。这里还是电视节目和广告商的最佳拍摄地，意外入个镜，混个脸熟不足为奇。加州明媚的阳光照在广场一排排的台阶上，配上旧金山四季如春的气候，台阶的温度总似体温一样冷热适中，温柔地欢迎着各种屁股

我坐在人人都喜欢来坐坐的Union Square

广场上可爱的雕塑吸引游客前来拍照

前去一坐！情侣们喜欢来此一坐，随意地谈情说爱；老人们喜欢来此一坐，喝着咖啡晒着太阳打发悠闲的老年时光；学生们放学后喜欢来此一坐，三五成群地嬉笑一阵再各回各家，各找各妈；游客们喜欢来此一坐，缓解一下他们旅途的疲乏；附近上班的白领们喜欢来此一坐，给繁忙的工作来个小释。就连鸽子也喜欢常驻于此，虽不如人类会坐，却可以拿屎来占位。而我和我的小伙伴们也喜欢去联合广场，有事没事前去一坐。让我很自豪地说一声，我的宿舍离联合广场步行只有五分钟之遥，无论去哪个校区上课都无可避免地路过，但每天路过的感觉都像第一次一样。看着一拨又一拨的各国游客，总会唤起我好奇而又陌生的感觉。联合广场变幻无穷，每一天都是崭新的一天，好一个风水宝地！

圣诞节，广场上的圣诞树自然是最大的一棵，长这么大头一次见这么巨型的圣诞树，我开心地跳跃着

在Chinatown里看到这种晾衣法，我笑了，很亲切

离不开的中国城

要说我们还真忘不了本，出了国都要先问Chinatown在哪儿。就连跟团去旅游，无论到哪儿，参观当地的Chinatown都会是其中一项，对Chinatown真的是有很深的情愫呢！家里柴米油盐、锅碗瓢盆缺啥就去Chinatown补啥；想吃东南西北各色中国菜，去Chinatown；看中医找推拿，去Chinatown；买新鲜又便宜到爆的菜肉水果，去Chinatown；逢年过节添置过节必需品，去Chinatown；想报个旅行团或订个机票，去Chinatown；语言不好，想去银行办点儿业务，去Chinatown分行；有信仰想去做礼拜，去Chinatown教堂。如有任何大问题、小问题、疑难杂症等，就去Chinatown！在Chinatown，绝大部分人用粤语交流，一句英文都听不懂的华人，大大地有！一句普通话都不会讲的华人，那太正常啦！只靠普通话闯遍Chinatown，可以有，只不过会偶尔出现“鸡同鸭讲”的状况。去茶餐厅吃个饭，电视里在放的却还是20世纪八九十年代的电视剧，听的都还是那个年代所流行的曲子。这一区域活动的人，穿着打扮也都还保留着20世纪八九十年代的流行元素。“落伍”的他们让我不禁怀疑，他们有再回过国吗？有再看过祖国的变化吗？有人一辈子都没离开过Chinatown，有人自打来了美国，就再也没回过国……

交通

旧金山公共交通的乘坐方式跟国内的有所不同，叫法也真是在国内没有接触过。一个学长很耐心地告诉我们该如何换乘，我却仍旧一头雾水，最后还是靠自己摸索了好一阵子才轻车熟路。在本科校区，我本来以为只有走30分钟的坡路这一种方式，后来才知道原来还可以走5分钟去坐公交车到达！想着有不累人的美事，果断去打探车站在哪儿。这里的公交车叫MUNI，按照数字划分路线，我需要坐的是30路，贯穿整个Chinatown，届时会上来众多华人，多数为中老年人，我迎来了尽中国传统美德之让座的时刻。早晚两个高峰，由于Chinatown的菜比超市里要便宜好多，他们会提着成包成捆刚采购回来的菜上车。这时候，如果想借过不要说“excuse me”（借过），说“母该”就对了！曾经我喊“excuse me”喊破喉咙也没人给我让个道下车，逼急了，我想起香港同学点菜时说的那句“母该”。小小的声音刚一出口，眼前出现了敞亮的直通车门大道！要说旧金山的Chinatown不愧是全美国最大的，公交车都要停个好几站，过了这里后不久，学校就到了。票价2美元，上车买票，无找零！司机兼职售票员，票根要留好，因为他会在票上的一个位置撕开，撕开地方的时间是3小时后的时间，意味着3小时内你拿着这张票可以免费换乘任何一辆MUNI，过时补票。这里的地铁也叫MUNI，但到郊区的地铁叫BART。MUNI跟BART在同一地铁站发车，方向却不同，第一次坐MUNI的时候走错站台，结果等了好几趟BART，MUNI它就是干等也不来，来了才怪呢！有的MUNI站台会同时有好几个线路，最多时候T、N、L、J、M全部都有，车来了一定要看好字母，别上错了。地铁MUNI票价跟公交车MUNI票价一样，2美元，3小时内任意换乘。由于BART是到机场和郊区这种比较远的地方的，所以票价按路程收费。如果嫌每次都要去买票麻烦，这里也有次卡、充值卡和月卡：次卡可以用10次；充值卡的使用方式跟中国一样，不同的是卡没有押金；持有月卡意味着一个月无限次乘坐，免去充值和算余额的困扰。这里的公交卡叫“Clipper Card”，除了铛铛车外所有公交适用。这里没有专人盯着你买票或是逃票，全靠自觉，但会有警察不定期来抽查，常存有侥幸心理的话，一个不小心被抓个正着，后果就难看了。这里有一点特别好，就是站牌会有每段路线下一班地铁的到达时间提示，也有下一班车开到了哪里的路线告示。有了它，乘客们终于有主心骨儿了！司机有时候看站台没人的话，就不站站停了，有趣的是，如果有人想下车，车窗旁有像晾衣绳一样的小

公交MUNI与广告的重合

我与地铁MUNI的缘分颇深

排队等客的出租车

绳子，可别真的去挂衣服，这个是呼唤铃，下车前拉下绳子，司机就明白这站有人要下车，会停靠。有种另类的公交叫Cable Car（铛铛车），地上有轨道的地方就有铛铛车。铛铛车比较刺激，爬坡道，一上一下的俯冲感觉像在坐过山车。它是游客的交通大玩具，在车站招招手，它就停下，有售票员，单程6美元。如果赶着有急事，计程车也是有的，只是比较少，不会像国内那样满大街横晃，需要提前打电话到计程车公司叫。司机们的服务是相当好的，会帮助搬行李，当然价格更好，记得那会儿是3.5美元起价，还没等你屁股坐热，计价器的数字便以迅雷不及掩耳之势猛地往上涨，节奏差不多是路过一个红绿灯路口就涨0.5美元，停一下就涨1美元，简直不忍直视。几乎是上海计程车3倍的价格还不够，下车还得给20%的小费！坐得我的心啊，一直在排山倒海地翻腾着。

总之，旧金山市区的交通还是很方便的，这都归功于昂贵的停车费和高难度的坡路停车……

游客的最爱——铛铛车

当然也少不了特别奇特的游客观光车

繁忙的课程

好多朋友对我出国去学摄影有诸多不解，认为一个摄影有什么好学的，还要出国烧钱去学！哪知，不学不知道，那其中的奥妙还数不胜数呢！如果你觉得留个学读个研是混混就可以过的，错！如果你以为留学就是游学，大错！每学期至少修15学分的课，每种课1学分到5学分不等，甚至还有很厚颜的0学分课必须要出席，就连礼拜五的晚上和星期六的上午都不放过……这样平均分配下来，几乎每天都有课，全天的课……自从学校给每人配备了工作室后，就忙得咿呀么咿得儿哟了。理论课每学期选上2~3个，就意味着这学期2~3个10页以上的论文在期末就要完成了。专业课也来上2~3个的样子吧，其中有siminar（研讨会），有critic（评论家），不管叫什么，实质都是交作品、看作品、讨论作品的过程。导师会把学生们分成4组，每次课鉴赏一组，差不多每组3个同学，去这组每个人的工作室看看这几个礼拜都在做什么、拍了哪些作品，看完后每个人把意见、建议或者感受写在小卡片上。下课时，分别交给他们。收到卡片的同学回去就且看吧，写什么的都有。当然，在看的同时，大家可以随便向展示作品的同学问任何有关艺术上的问题，有同学被问得晕头转向是常有的事儿。等到学期考核就

图书馆里，我非常喜欢待的一个角落。茫茫书海，压不垮我

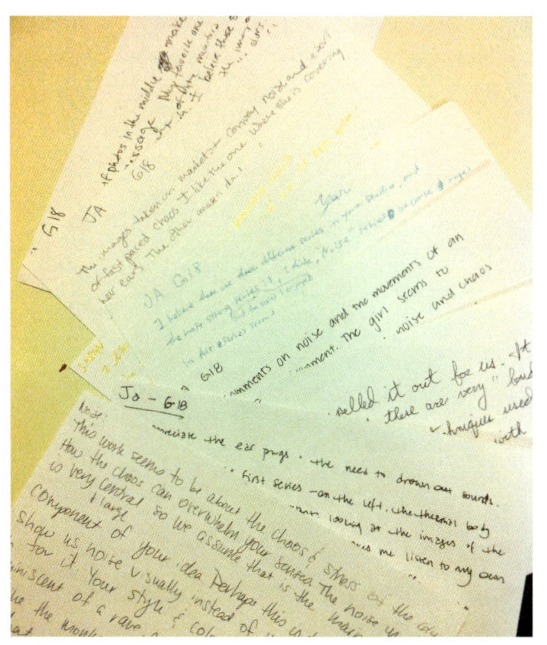

同学们给我写的小卡片，都是十分中肯的建议

是一次年度大献，学生们把这一学期做的所有作品都搬到工作室去，堆满，堆得越满就证明自己越努力。届时，就像论文答辩一样，3个教授会去你的工作室排排坐，看成果，然后问你各种问题，再给你打分。过关秘籍就是：一定要非常能白话，滔滔不绝地说你的作品、你的梦想、你的人生，说得越生动越感人越好，像选秀节目那样打动评委，准没错儿！双休日忙什么？当然还是去学校啊，但是要背上厚重的打印纸，带上移动硬盘，花上个半天时间等待急死人不偿命的患拖延症的打印机把自己的作品打出来。教授去工作室看作品可不看什么电脑上的电子版，一大批人需要的是能贴在墙上仔细观摩的作品。这里的打印室没有工作人员，只有打临时工的学生，有问题，大家互相帮忙。双休日如果不忙打印干点儿什么？仍然是去学校！每个礼拜要去学校图书馆翻10本摄影师作品集，多则上百页，少则几十页，如何鉴定完成任务与否，口说无凭，要拿证据！证据就是买个超级大的笔记本，把10本书的封皮与每本书喜欢的作品挑出来个三五张，打印出来，贴在笔记本上，并写上一段读后感……回家时，我觉得我的书包好像重了两斤……这是让我们写、说、体、美、劳全面发展的节奏吗？

工作室

我的工作室在研究生院，一个叫作3街的地方，这里不像downtown那般喧闹，它在空旷的工业区，整个研究生院都坐落在一个大厂房的其中一层。如果说总部是麻雀虽小，五脏俱全，颇有古典艺术氛围的情调小院儿的话，那么这里就是重工业风格，地大物博只待你去探索发现的大车间，两者相差甚远。尽管研究生院有些沉闷，但我的工作室靠近美丽的海边，还是个海景房呢！课间没事我会来点儿小情致，去安全梯上坐着看看大海！由于每个房间都太大太敞亮了，同学们骑着自行车来的可以直接骑到工作室或者教室，滑滑板来的更是走哪儿滑到哪儿，就连去个厕所都不会放过他对滑板的依赖……走廊很长，从一头到另一头正好是一站地铁的距离，所以坐过站了不要紧，下一站下车依然可以到达！楼上是个巧克力工厂，我们跟着沾光，香浓的巧克力味伴随着我们在研究生院的一切活动！这比空气清新剂来得有效，让人始终沉浸在甜美愉快的幸福感中。每个800平方米大的房间被割成二三十个小隔间给同学们做工作室。这便是你肆意发挥自己灵感的小天地，造个底儿朝天都没人会阻拦你，越是出奇的怪越会有人

在研究生院的走道间，橘红色的大门通往一间间教室和工作室

路过对你竖起大拇指说一声“天才”。担心这大房间里的小空间不私密？给不了你独立的创作灵感？不要紧！这些教授们也想到了，每个房间都有黑色不透光的落地布帘子，只要你拉上帘子，没人会进来打扰你。有的同学甚至把沙发和床都搬来了，工作累了睡上一觉！担心会睡到别人给你反锁上大门出不去？不要紧，大门的门卡人手一张，工作室门的钥匙人手一把！想什么时候走就什么时候走，不想走，在里面过夜也没问题，绝对地自由！

本科部的走廊

站在工作室的窗口

工作室怪人

说到工作室里的“奇才”，那还真不少。曾经有一个害我最深的“奇才”，我每次不小心路过这间惊悚工作室后都要鄙视一阵。更奇怪的是每次我明知道是这间，作好了充分的心理准备后，被吓级别还是会像第一次看到一样，这就是它的神奇之处。那么，这小隔间里是什么呢？3个与人同比例一米八的身高，用纸板与棉花掺杂缝制，上面穿着真人衣服，戴着假发套的无脸壮汉！这3个壮汉就像稻草人那样直直地屹立在那里。这位“奇才”真的害人不浅，帘子每次都不拉，故意让人来欣赏他的杰作。当我渐渐习惯了避而不看后，某天他竟然把3个假人全部搬出来，放在大门口，在我一开门的刹那间，活端端地又被吓了个大满贯！好样的！这位大侠，你赢了！这边正被吓得不轻，那边同学们的狗狗又被带来陪着上课了。在不打扰正常秩序的情况下，在美国这么自由的国度，这也不是什么出奇的事儿，更何况狗是人类的好朋友嘛！

艺术的街道

旧金山是个艺术氛围颇为浓厚的旅游城市，若给街上的人群分类，那么你会发现浩浩荡荡的游客大军和千奇百态的艺术家分布在各个角落。就拿我住的Geary Street来说，大概是因为读起来像gallery（画廊）的关系，整个一条街上都是大大小小的画廊，经常有艺术家来办展览。就连我们学校里的艺术家办展，都会毫不犹豫地选在Geary Street。在这里，看个展不是什么难事，就像出去吃个饭一样平常。有时，展览就像刷屏一样高频率地出现，去逛个街，艺术家在街边办展；去广场小坐，几个艺术家合起来办展，就连公园都不放过，展都开到公园去了……

周围的快门声更是无处不在，举着地图找路的人比正常上学的人都多，稍有不慎，就会被拉去帮忙拍照。“请问去××怎么走？”“不好意思，我也是游客。”这种对话很常见。能有这么多游客和艺术家都要归功于旧金山的小

我经常在各大展览的海报前驻足观望

每天都会路过的艺术馆之一

巧，风景别致、密集而又随处可见。除了人尽皆知的金门大桥和渔人码头外，还有很多名不见经传，却让你流连忘返的特色景点。这个城市总会给你一种自认为很熟知它，却突然感觉很陌生的错觉，一直有新奇的事物待你去发现。这样一个城市，会让艺术家的灵感犹如滔滔江水连绵不绝，怎能不喜欢？游客不需要长途跋涉就可以快门按到不停，怎能不喜欢？

万恶的噪声

住在downtown，想睡个好觉有点儿难。单论晚上，我的留学生活可以总结成一部始终在与噪声作斗争的血泪史。这一切都归功于美国的木板结构房子差到让人吐血的隔音效果。常听房间临街的同学抱怨，晚上警车、消防车、救护车等公用专车时不时就会鸣着刺耳的笛飞奔而过，吵得她成宿成宿睡不好觉，也不知道美国这些公用车的响声怎么会那么大。刚开始，我还在庆幸天助我也，没有被分在临街的房间，殊不知我的苦衷在于人不和！我与隔壁每晚笑到天亮的“胖妞”的恩恩怨怨已不想再多说，新的恩怨又来了。深夜时而听到窗外传来一群人说笑的声音，经观察，那是楼上某个房间的人坐在窗口喝酒聊天。再后来听到人数上升，四处打探，是旁边hostel的人在两楼之间的过道办party（聚会）！他们充分体现了那种“Happy every day，happy every night”（日日开心，夜夜开心）的精神。这是住在楼侧面的悲哀。某一天，我真的很想跟宿舍say byebye，换个环境，搬到酒店去住一个礼拜，这回我定要摆脱噪声的困扰！我找了个楼反面无人经过也没有相邻楼的房间，结果的确是很安静。只是每天早上6点钟垃圾车会准时来收垃圾，垃圾桶叮叮当当，垃圾车吱吱嘎嘎，好一部交响曲！

由于是木板结构的楼房，所以旁边都配有消防梯，隔音效果相当一般

有天晚上借住在小伙伴家，她家也是在楼的内侧，睡到半夜听到怎么有人一直对着窗外骂“fuck”呢。仔细听听，他在“fuck”一切，妥了，这儿住着一个疯子……真是家家有本难念的经啊！一学期的宿舍生活结束后，我决定彻底跟它说拜拜！经过烦琐又催人老的找房过程后，千挑万选，我终于在Jones街（琼斯街）找到了一个阳光充足又静谧的studio（公寓），一个人住，月租还真不是一般的贵，1350美元/月。在旧金山，各方面都好的房子难寻又抢手，属于上午看好不签合同，下午就被别人签走的形势，贵是有一定道理的。本以为我摆脱了一切噪声，万万没想到的是：我的美好生活最终还是丧送在这万恶的木板结构隔音效果下！楼下住着一对菲律宾小两口，大家可想而知！此处省略1000字。住在downtown，睡眠真是360度无死角地被打扰，一个好觉真的需要天时地利加人和啊。事情总是有好的一面的，我受害之深，有感而发，不但认识了耳塞这等神器，还成就了我的灵感——一个关于噪声主题的project就这样诞生了！

色彩缤纷的耳塞

对崇洋媚外的看法

好多留学生抱着出去多交几个外国朋友或者是外国男朋友再回国的心态，觉得有外国朋友是很牛的事儿。这种想法可以理解，毕竟也算入乡随俗，能迅速提高外语，了解一下外国人的生活习性也好。但这事儿真的要随缘，抱以平常心，没必要那么迫切、渴望，甚至是个外国人就非常谄媚地贴过去异常主动地跟人家做朋友，而见到中国同乡就根本理都不理。外国人也是人啊，没有多个胳膊多条腿，只是多了很多毛发而已，况且论进化，还是咱亚洲人进化得最好呢！这也跟家长的引导以及社会的公共认识有关，一同学的父母出国前嘱咐她，说到了那里不要跟中国人交朋友，要多交外国的

天是蓝的，草是青的，但人还都是人吧

朋友，这样对她有帮助，不然只跟中国人在一起等于没出国，钱白花了。这同学果不其然，来了这儿看到同乡很冷漠，刻意地保持着距离，凭借扎实的托福功底和外表良好的亲和力，迅速跟几个外国同学搭讪成功。不过，这期间她也作了许多努力：包括不断地赞美美国姑娘金发碧眼好漂亮，像从画中走出来一样，并真的帮人家画了个肖像挂在了自己的房间；包括亲自下厨为外国姑娘做丰盛的中餐；包括不断参加各种可以认识新外国朋友的聚会；包括永远以微笑友好的态度与外国人沟通；还包括好似换了个人一样对待国人非常冷漠……结果是每当她遇到问题时，帮她解决问题的永远是她冷漠对待的同胞们……虽说外国比较发达，在教育、经济、科学等方面有很多我们值得学习的地方，不然为什么会有留学热。但我们出去的主要目的是学习西方比较先进的知识，感受不一样的文化氛围，而不是为了把时间浪费在努力拍着马屁去讨好白色皮肤、有色头发、玻璃一样眼珠、在国内很少见的外国人。况且，在美国，我们中国人才是物以稀为贵的，要交朋友，也得他们主动才对！论素质，有些外国人真的没那么好，就以“成宿成宿不睡觉，投诉完了还照样闹”这等扰人的事来说，我想高呼一声：这什么素质啊！

各路同学们

在艺术学院，我永远在感叹，原来世上还有这样的人。我把学校比喻成一个小型联合国，世界各地的学生都有，让我最惊诧的是一个同学跟我说他是伊拉克的，我惊呼："那儿不是在打仗吗？！"他笑笑说只是局部而已啦，看来我还是孤陋寡闻。我们不分班级，只分专业，由于每学期每个人选的课都不同，有的课只有研究生可以上，有的课本科生、研究生一起上，所以我与有些同学是一面之缘，有些是一节课之缘，而有些是一直会碰到。从年龄上来看，跨度

某堂理论课结课后，同学们合影留念

有点儿大，正常年龄上大学的且不说，大龄、已婚有子的也不少。读研究生的属中国学生年龄最小，基本属于本科毕业就出国的状态。已婚有子在家待着没事出来学习学习的不占少数，边工作边镀金且已在艺术圈小有成就的艺术家占多数，甚至60多岁的老艺术家们也会来进修研究生。不过，年龄上的跨度不会影响学生们的互动与交流，在艺术上我们不会有代沟。而教授也会把年龄比自己还大的学生与其他人同等对待，这里只会把人区分成两种：男艺术家、女艺术家。不会存在老人、小孩、孕妇、中年人等代名词。研究生们的素质普遍比较高，不会像本科学生一样出现在工作室里抽大麻和吸毒的情况，只是有的人比较友善，有的人比较冷漠。最“友善”的是一个叫丝芙兰的美国女孩，只喜欢跟亚洲人玩，整天黏着我们几个中国学生表示各种友好，过节送礼物，周末一起吃饭，让我们教她中国话，甚至把头发染黑，说自己下辈子要做亚洲人……真的是非常非常……友好！同学们的作品也是花样百出，让我大开眼界，原来，还可以这样奔放！掀起工作室的帘子，除了吓我至深的3个假人外，还看到了专画男女生殖器的、专拍全裸前男友的，以及专捏裸泥人的……大家对肉体有种说不出的崇拜，这便是纯艺术学院！让我最佩服的是一个亚洲女同学，某次作品交流课上，她展示了一套全裸自拍，很大方很自然地挂起来给所有人鉴赏，没有一点儿不自在。她已经把自己当成了一件艺术品，这便是艺术家所谓的为了艺术而献身的精神吧！艺术家只活在自己的世界里，看来，我不够艺术。我想，我之所以最后没有留下来从事艺术工作，大概是因为我太正常了。

教授们

如果说在纯艺术学院你永远不要惊奇于身边的怪同学的话，那么在惊奇同学的同时，更要惊奇一下各路传奇般的教授。如果说选了老好人哈利教授的课，这一学期都像是在天堂；选了琳达教授的课，那么恭喜你一学期都将要在女魔头的“折磨”中度过了。学校里的教授个个都是美国艺术史上的权威人物，在艺术上的造诣绝非常人可比。有时候在图书馆看书，翻着翻着，某某教授的大作就会在你稍不留神儿间出现。我不禁感叹他们也曾有年轻的时候，顺便自豪下原来大师就在凡间，是我的教授。琳达眼里容不得沙，最鄙视商业摄影，称其为“没有灵魂的照片”，痛骂它只是技术活并不是艺术。也难怪，在这个纯艺术私立学校里，每个老师都百分之百是纯艺术派的宠儿，毫无半点儿商业化。在琳

教授在展示她早年的人像作品

达的课上，但凡某个同学的作品被发现稍许带点儿商业摄影的感觉的话，她会毫不留情地骂那个同学，并劝其转学，去旧金山另外一所商业化的艺术学院。琳达时不时会透露纯艺术摄影师要么会穷死，要么会非常富有，许多富有的商业摄影大师也都是学纯艺术出身的。这督促我们要脚踏实地，从纯艺术的灵魂抓起，再去拍商业片就是小菜一碟了。说起被折磨，回想起某一学期，可真是给我累得不轻。从第一堂课开始，每个人就要思考好这一学期的project计划。我说我喜欢旧金山的海，结果……这一学期我都待在了海边，拍摄各种关于海的作品。而其他同学，有走遍旧金山大街小巷拍人家窗户的，有拍各个时段人的影子的，还有拍了一学期杯子里的气泡的……真的是主题要非常专一，3个月，只能研究一样东西，甚至有许多人两年都在拍一个project。果然是研究生，两年只研究一个课题的学生！折磨归折磨，严师出高徒，所有人对琳达老师的敬畏让她始终保持着学校里一姐的地位，无可取替。怪得最出名的要数kuchar教授，由于谐音很像“裤衩儿”，所以我们都私底下叫他“裤衩儿”教授。“裤衩儿”是电影系的教授，年近七十的他很坦然，我看过他在课上播放光个身子量体重的搞笑短片。全校同学都领教过他坦诚相待的一面。他的灵感如泉涌，几乎每天都在拍短片，很少间断。要说最热情的还得是来自古巴的老师戴维，永远一身黑皮大衣加黑礼帽的小胡子造型，非常爱开玩笑。听说他年轻时曾经有过犯罪前科，是个有故事的人，但那西班牙式的热情总会让人心里暖暖的。这个大家庭就像是哈利·波特所在的魔法学院，每位教授都那么资深，会施展独特的魔法。

关于歧视

以前只是知道中国人受歧视，但切身体会过才真的明白那是一种什么滋味。全校400多人中，加上港澳台地区的同胞，中国人总共10人，摄影系有5个，研究生只有我和另外一个台湾女生。经常独自扎到一堆黑白皮肤混杂的课堂当中，早已成为习惯。尽管在国内一直有语言训练，看美剧、听英文歌，就等着有朝一日派上用场。后来却发现，考托福和出国完全是两个概念，真的到了要用之时，我竟然说不出口！一开始只能在课堂上装哑巴，很仔细、很认真地听别人如何交流，一堂课下来听得头昏脑涨却依然摸不清头脑是家常便饭。听懂了大概却抓不住纲要是饭后甜点，再来个特色菜——轮到我发言的时候不知道自己在胡乱讲什么！好一套语言障碍大餐！这过程持续了一段时间，就像婴儿第一声啼哭，酝酿啊，憋着啊，待我熟悉了这个语境后，"哇"的一声，此后越说越流利，越说越可以一直不停地说。

英文不好，交流不畅，问题自然会来。有一次在课上当众被教授羞辱英文太差。我哪受过此等屈辱？不就是因为母语不同吗？从小自尊心就强的我冲到厕所大哭了一通，想打电话给家人，又怕家人跟着着急，不敢说太多。英语不好又马虎大意给我带来的麻烦不少，笑话也不断：去药房买药，"pull"（药丸）不小心说成了"pregnant"（怀孕）；万圣节装扮成"army girl"（女兵）不小心被我写成了"amg girl"（女孩艾米）；找厕所"restroom"，舌头一个打滑，出口变成了"restaurant（饭店）"……唉，糗态百出！英文不好给我带来的最大障碍就是无法好好地阐述自己的作品，于是麻烦又来了。一次作品评论课上，一个白人同学看了看我的作品，带着挑衅和讥讽的语气问我："你为什么要当摄影师？！"我是这样想的，我从未想过要当摄影师，学习摄影只是因为纯爱好而已，学什么就一定要从事那个职业吗？未必！可是我被问得一紧张，出口竟然只有一句："因为我爱摄影。"于是又迎来了一阵听不清的语言攻击。我把教授的

羞辱和白人同学的挑衅当作歧视，唯一不被嫌弃的办法只有继续努力练习英文，完善自我。直到最后作品迎来了“I love it”“interesting” 等言语上的肯定，以及某次presentation展示后的一句“perfect”（完美）。要是问我，有没有后悔来之前没有好好练习英文？有没有后悔来这儿无缘无故受辱？我会说没有，因为有些事情是你无法预料而又不可避免的，既然来了，那就坦然接受吧，就当是人生的历练。

结尾

好吧，看似光彩的留学生活其实没有你们想象的那么潇洒，是见过不少美丽的风景，是经历了很多新奇的体验，可那也只是我艰辛求学路中的一小部分而已。遭了不少洋罪，受了不少白眼，走了不少山路，真正体会了什么叫“好山好水好寂寞，好脏好乱好开心”，才换来这些美丽的照片和这段宝贵的回忆。

黄昏，我站在租的小单间的屋顶，四处张望这陌生的城市和陌生的屋顶们

外篇：中国人对留学生的误解

随着留学热潮日益高涨，中国人对留学生的误解也接踵而来。

国内学习不好的都去国外“混”文凭

身边还真没接触过混文凭的朋友，去美国选学校非常重要，好一点儿的学校对学生的要求比较严，属于德智体美劳全面发展般的高要求。如果真能混下来的话，那得是有多艰难，我只能说，不易啊！还真不如国内混得轻松。高中阶段出国的话，家长都希望孩子进一所好一点儿的大学。好的大学对体育素质要求非常高，不是随便糊弄一下就能通过的，还要参加固定的社团活动，公益方面也需要有长期的积累。虽不像国内高考大军那么竞争激烈，但各种忙乎也够锻炼人的了。美国人鼓励孩子从小就早点儿进入社会，去做些力所能及的事情，可能这也是导致美国孩子比较“早熟”的原因吧。大学阶段出国的话，考试虽然没国内那么多，但每考一次却都是实打实地考，无开卷和作弊可言。且不说考试，光是论文和作业，就够人惆怅的了，Google搜不到哦，全英文的哦！最后再说说去国外读研的吧，不多讲，一句话，看我就知道了！无论是哪个阶段出国，首先要突破的都是语言大关，这就需要好一阵子折腾了，这种脑容量的增长，可能是在国内多少年都不会填补上的空缺。出国的日子，不好混啊！

出国留学就是享受，可以胡吃海喝到处玩

美国可持有驾照的年龄较早，买车养车费用较低，生活的区域不集中，所以车子就成了最好的代步工具。有了它，就有了在学生期间看似比较“潇洒”的生活。至于享受，这个也要看学生个人的经济状况而言，怎样可以叫享受呢？常自驾去有山有水的地方玩吗？国外生态破坏得较少，都是所谓的“还未开发的大农村”，所以想找有山有水的地方不难。可能对于国内生活在城市里的人来说，要长途跋涉到郊区才能欣赏到山水风光。在美国除了纽约，其他地方处处是郊区，几乎每天生活的环境就是这样一个有山有水的地方。更重要的一点是，美国学校几乎都建在较偏远、风景秀丽的地方，而中国的家长在选择学校时，周围环境也是非常重要的一条。所以，我们生活的地方就好似一个景点，是你们眼中的享受，是我们眼中的生活。至于胡吃海喝到处玩，美国这地方龙虾贝类等海鲜与国内相比便宜许多，吃顿海鲜大餐不算天价，学生还是消

费得起的。这里各国的食物种类较多，但是我们常吃的还是中餐。要是买酒就需要持有护照了，不满20岁不能买，酒吧也不能进，不知道这算不算是胡吃海喝。说到到处玩，美国节日多，活动自然不少，可也得先完成学习上的任务才行，任务一繁重，玩的心思全无。这点也得看学校了，相对来说，好的学校不会让你轻松的，到处玩这件事，真得配合着时间来，国内的学校不是也一个理儿吗？

能出国的都是有钱人家的娃

每个人的价值衡量标准不一样，家庭状况也是相对而言的。由于国外的学费普遍比国内高吧，这可能让许多家庭望而却步。对留学大国而言，美国的消费相较法国、英国、澳大利亚等似乎高了许多。根据学校的分类，越高等的学府学费自然越高，好比我的学校，第二年的续费又涨了15%。想要留学，保障金是一定要的，学校越好保障金越高，这就是为什么那么多孩子考得上却读不起，家庭经济状况，确实是一个小门槛。但不能说出国的孩子个个家庭经济状况都十分好，有些家庭只负担得起第一年的学费，生活费和往后的学费还是要靠自己努力拼搏打零工才可支撑下去，有的努力申请到了奖学金才减轻了家里沉重的负担，也有的会去选择读相对便宜的社区大学。且不说中国家庭的状况，我的好多美国同学来读私立艺术学院的学费都是银行贷款或是向亲戚朋友借的，读书的压力很大。有没有出国读书生活很轻松，家庭经济条件绰绰有余的呢？当然有啦！中国的富裕家庭还是很多的，只是能出国的人的家庭没有想象中的那么绝对富有。

留学回来的都是活字典

好多人认为出国回来的英文都得达到“呱呱叫”的级别，无论翻译什么单词都得像英汉字典一样准确无误，看全英文无字幕电影时就要在旁边瞬间化作同声传译，任何与英文有关的困难问题首先想到的援兵必须是你，稍有不慎一样没做到位就会被安上“白出国了”的帽子。这就好比朋友们知道我是学摄影的，找我去拍商业片，听闻我说干不了，就用一句“那你学了啥”甩给我。还有的人更直接，简明扼要地把我概括成“都出国了，知道的单词还没有没出国的人知道的多，都出去学摄影了还不如摄影爱好者拍得好看”。唉，我只能忍辱负重地解释，我是出去学艺术的不是学翻译的，我是学纯艺术的摄影不是搞商业摄影的，我是去培养思想的不是拍照片的工具。语言这门学问是个无底洞，就算在美国生活了20年的人依然会不断碰到新单词，就连我们的母语也时常出现看不懂的生字不是吗？何况我不是学霸，不是超人，做不了大师。

回国继续“蹦”单词

好多海龟回来还一直保持着国外的语境，一句话里总是要夹杂几个英文单词，更有甚者不知怎么着还带上港台腔了，“这个paper是这样子的哈！”“只是觉得他很nice啦！”“真的有听说过吗？可是人家都never听说过唉！”于是，这种装腔作势穷显摆的说话方式便遭到了大批人的鄙视，该是哪人就说哪话呗！都回来了还在那儿装什么老外，本是老内非要给自己镶个钛合金的边儿干什么玩意儿呢！有时候，我也非常鄙视这种人，这年头，谁还不会几句英文，谁还没出过个国啊？还拿自己当香饽饽呢！换位思考下，可能是待在一个语境里时间久了习惯了吧，有些单词它只能用英文说才恰到好处，翻译成中文那个意思就变味儿了。但为了顺应国情，尊重对方，有些单词还是翻译成中文用普通话说吧，尤其是那些简单得人家也会说的。别像我一个上海的同学一样，先说句我听得懂的上海话，再把那句上海话用普通话翻译给我说一遍。你你你，当我是傻子还是聋子？怕我听不懂吗，你多说那么一句干吗？

我就是一介草民，数万名留学生中最普通的一个。没有很想出人头地的野心，更没有想学成归来报效祖国那样的雄心壮志。对我来说，个人能力得到了良好的锻炼、眼界在宽广度上有稍许增加，这些倒是真的。身体上从瘦弱无力变得结实健康，体会了父母养育自己的不易从而变得更孝顺懂事了，在礼数上习惯了多加上一句“谢谢”或“不好意思”，对待周围的一切更知道感恩，这些才是我最大的收获。我对自己的要求不高，能够比较舒心地活着已很好，倘若可以再加上“精彩”二字，我还能再奢求什么，只会变得更加满足了吧！人这一辈子，谁也不简单，哪种活法都不易。

Chapter4 我眼中的旅行

旅行的意义到底是什么

我们花费了大量的路费，跑去看昙花一现、去欣赏短暂日落的海边、去拥抱无比纯净的大自然，除了印在脑中的记忆，带回来大量的商品，剩下最宝贵的，可能就是珍贵的照片。因为记忆无法复刻给别人看，旅行的真实场景永远无法还原，途中的各种故事只能用来怀念，那么旅行最后留下的是什么呢？也只有这一张张当时不怎么想拍，回来后却觉得格外珍贵的照片了。回来翻看时，或许经常会对几张有稍许不满，或在某个地点没有留影。就这样带着种种遗憾，激励着我们下次即使再不情愿，也不能偷懒，多拍些照片作为留念。

“爱走”与“不爱走”

我发现个很有意思的社会现象：周围生活着两类人，同样有着固定工作，拿着不分上下的薪水，平日都有琐事相伴，但爱走动的人一直在不停地出门，稍有闲暇，总是以迅雷不及掩耳之势，迅速不见了踪影，一个电话过去，不是在近郊爬山，就是远赴千里之外看海。而另一类不爱走动的，永远被各种正当理由缠身，“工作太累了在家休息”“假期太短了等长假再说吧”“计划太晚了来不及了”“没钱怎么玩”……每次看到人家外出旅行的照片时，他们总是很羡慕，发誓下次一定要将旅行列入日程表。可等到假期将至，又一巴掌把自己曾许下的誓言给拍死了，干着急可就是老也迈不出家

门槛，陷入无限死循环中。“不爱走”的人一直对“爱走”的人很好奇，“他做什么工作的，怎么就那么有闲心？无业游民吧？一放假就往外跑不累吗？想了解哪里，上网、看书不就知道了吗，还非得走一趟干吗？钱全花在玩上了吧？”……而“爱走”的人也对“不爱走”的人充满疑惑，“天天在家待着不闷得慌吗？不想去看看外面的世界吗？”……

我属于“爱走”的人，假期一到，在家里根本待不住，不管是双休日还是长假，不折腾一回就浑身不自在。对我来说，只要离开平日生活的城市就算是最好的休息方式了。朋友们时常对我有所不解，疑问大多徘徊在“什么工作有那么多假期”和“哪有那么多闲钱去玩”之间。我想说的是：旅行跟做什么工作、赚多少钱有多少闲钱没有直接关系；路就在你脚下，时间就在你手里；穷有穷的玩法，富有富的乐子；只要你想走，下一秒就可以出发！

旅行与上班族

对于上班一族来说，最头疼的是假期不灵活，有限的假期去旅行，各大风景区早已人满为患。想到令人头大的交通和人流，便再无出游的热情。花钱跑去看人，的确是个头号难题，也是一直最困扰我的问题。最直截了当又不影响大局的解决办法是：大假期出国游，小假期国内走。每走一圈我就感叹，这世道，就连景点门票也没能逃出物价上涨的魔爪，一到旅游高峰，吃、住、行的价格翻倍翻得让人肝颤，都够出国玩一圈了。怎样不花大头钱在国内来趟经济适用游？怎样用去二线城市玩的价钱来趟国外舒适游？秘诀只有提早计划！

计划旅行一定要趁早，越早就越便宜，虽然我比较不情愿把旅行这么洒脱的事也提早计划，怕中途会有各种变数，但事实就这么残酷，现在是旅行的热门时代，去西方国家度假的意识也随之席卷而来。如果不提前计划，你就会连说走就走的资格都没有，机票酒店两手空。上班族的旅行是对时间编排的一种计划，旅行不是说走就能走的，少了份洒脱，多了份旺季的热闹。紧迫感迫使我们加快工作速率，怕没时间旅行。待一切计划好，旅行凯旋后，似乎觉得，玩了一趟好像并没有耽误什么，日子反而过得更充实。被拖延而虚度的时间，凑成了一场华丽丽的旅行，而旅行所带给我们的快感，更促使我们努力加倍地工作，为的是下一场旅行，这貌似是一个良性循环。

旅行偏好

我这种娇小身材，遭不了穷游的罪，吃好住好才能玩好，我只能跟红眼团、背包客、驴友们说拜拜。我必须享受生活，推崇品质旅行。经过两次红眼廉价团后，沉重的经验教训告诉我娇弱的身子骨儿，咱不适合，为了省钱这样糟践自己，这不是我想要的旅行。之后我洗心革面，若是出远门，就在资金比较宽裕的时候选择舒适游，那句话叫什么来着？对！女人，要对自己好一点儿！人活着本已很不容易了，何必再让旅行这么享受的事情也变得那么艰辛？旅行的目的不应只是能让我们到处走马观花式地看看就可以了那么简单，而是需要我们细细体会和感受这其中的一切过程。这一切应在一种很舒心的氛围中进行，时刻感受到惬意，这才是我们花掉积蓄去旅行而获得的最大慰藉。你对旅行随便糊弄也是对自己的不负责，那样只会换来一身疲惫和一句 “这里啊，我去过”的交代。既然旅行是去帮助我们放宽眼界、拓展视野，那么除了了解风土人情外，也应顺势体验下当地的发达程度，多见识见识好的东西也不是什么坏事，说不定还给自己增添动力了呢。

与穷游惜别

其实，我打心眼里很羡慕那些可以穷游的人，我向往的是他们的好身体。自打在娘胎里，我就没有营养良好过，妈说那个年代人比较无知，只顾着赚钱，我在妈的肚子里每天吃的都是大白菜。果真白菜帮不了我大忙，从小体弱多病，对于东北人来说，长到我这样的个头，会被说成半残。四处打听别人在妈妈肚子里都吃了点儿啥，长得白白净净的同学说她妈妈每天吃6个苹果，高高壮壮的同学说她妈妈每天鱼汤喝着。好吧，这就叫作还未站在起跑线上，就比别人落后一大截。家人待我一直如温室鲜花般呵护，我娇滴滴地成长至今，大挫折没有，小毛病不断。以前还可以熬个夜，创下两天不睡觉的纪录，细数那也是七八年以前的事了，现在身子骨儿越发显得娇贵了。过了年

少时期，熬个夜简直等于要我小命儿，对了，我很惜命。给舒适豪华游编造一个合理借口：健康比金钱更重要。

你会说，那是因为你命好，父母给予了你从不为衣食担忧的生活。而我想告诉你，我相信命运使然，我们无法选择宿命，只能在现有的基础上进行努力，做到最大限度的优化。若是依照命运顺势发展，将其最大限度地享乐化，作为女孩子，毕业后我应舒舒服服地在父亲的庇护下帮其打理些似乎不需要我的琐事，过着更加闲适的日子。而我却选择出国遭洋罪，回国后没有寻求任何帮助，很常规地在网上投简历找工作，现在拿着死工资，忙碌于朝九晚五的白领生活，挤在国家法定假日的旅行大军中插一脚。我也是平凡得不能再平凡的人，过着同样平凡的生活，时而去旅行为我平淡无奇的生活增加了一丝色彩，仅此而已。想要怎样的生活，就主动去朝那个方向努力，整天口口声声地喊着要去旅行，却不付诸实际行动去买票，梦想永远是个梦，不朝梦想的方向出发，还是不要想了吧！怪伤脑子的。

TAXI

旅行就是要带相机才对

胆小如鼠、目光贪婪的我，目的地一定要以安全为基本点，产片率高为方针，贯彻风景秀丽、玩起来不累人的两大要素，时刻作好充分享受、陶冶情操的思想准备。我的要求不高，只需要给我充足的拍照时间。不要在意别人嘲笑你没见识，什么都要拍，更不要听信“外国人用眼睛去旅行，中国人用相机去旅行”的说法，外国人哪有旅行不拍照的？他们只是不像我们对拍照这件事那么重视，器材没那么专业而已。他们对旅行拍照的热情没有那么高涨的原因还要归功于日常生活的环境，我们去国外度假，见了清澈的大海、细腻的沙滩，不禁直呼这是我们所见到的最蓝的海，毫不犹豫掏出相机记录。而对于他们来说，最大的区别也只是换了一片陌生的海域，更适合放松而已，没什么大不了。你见过外国人到中国来旅行不带相机的吗？就算是在美国大峡谷，美国人也难得有不拿出相机拍照的。他们只有对熟悉的环境才不会有拍照的热情，我常看到的是一对对外国情侣或夫妇在某个景点疯狂留影，我会顺便帮其按两张，不用谢！

其实拍到就是赚到，不管拍了多少，回来翻看只会后悔没拍够，永远不会嫌太多。那是不是说度假对于我来说只剩下拍照了呢？非也，我把它视为心头一大“恨”，拍够了心就静了，踏踏实实地玩，痛痛快快地吃，时间安排好，互不耽误。像我这样集摄影与旅行为一体的特殊游客，还是不要自告奋勇去旅行社报团添乱了。

爱旅行的习惯

奶奶走后，每逢春节，爸爸都不喜欢在家过年，年复一年变着法儿地拉着我和妈妈以出去旅行的方式来迎接新年。在当时那个年代，旅行过年还不是很时兴。大年三十，我们在海南兴隆泡过温泉、在广州采过金橘、在大理踏过古镇、在泰国看过人妖表演、在瑞士登过铁力士雪山……错过了不少届当时我最期盼的节目——央视春晚，换来了家里堆积如山的影集。说来也好笑，每到年后我们一家三口玩够了才回来，父母总会控诉一阵子旅行有

多奔波、多累人、就是花钱找罪受等等，时而决心要痛改前非，扬言来年定要老老实实待在家过年。可是等到翻看洗出来的旅行照片时，所有的劳累奔波全部忘在脑后，第二年冬，又开始张罗着旅行目的地了。我想，可能我爱旅行的习惯就是这样养成的吧。我不怕折腾，但时而也请允许我口是心非地抱怨一下。

留学要趁早，旅行还是等长大了再说吧。如果让我重新选择，我会选择20岁以后再出发。10岁的新马泰、12岁的美国、15岁的澳大利亚，记忆中这些人生中的精彩片段，现在只换成了“去过”两个字。具体细节和感受，早已零碎得不能再零碎，也不知道是我记忆力太差，还是当时有太多新鲜事物的冲击，对于一个乳臭未干的孩子来说实在难以应对全面。有时看着周边朋友向我曾经去过的地方出发，我会酸溜溜地安慰自己：这地方在我十几岁的时候就去过。可是让我回忆出个究竟来，又模糊了，防不胜防的陌生感迫使我扪心自问：那里，我真的曾经去过吗?

女孩子如何在旅途中保养皮肤

最重要的是裹得很严实。幻想着高指数的防晒霜可以继续让你做“白娘子”？醒醒吧！晒后修复霜会即刻让你晒伤的肌肤重返水嫩？你想啥呢？！不少朋友问我怎么一直出去却晒不黑，用了什么牌子的防晒霜？我只想告诉你：亲，你见过我本人吗？你见证了我奇迹的时刻吗？照片里不黑当然是用了光线好这个美白神器了！

想要出门玩又想回来依然白白嫩嫩的？你还是去遮天蔽日的亚马孙丛林吧……那里雨水丰富，氧气含量高，茂密的树叶会把太阳公公踹得远远的，就连风沙这害人精都难以见缝插针。

保养皮肤这等事，还是等旅行回来再说吧，出门在外，把面子交给命运吧！

给自己一个走起的理由

当你在人生选择的路口徘徊时，当你有困惑不解的问题时，当你迷失自我时，不妨带上行囊，在地球上选择一个目的地，出发去旅行吧！更好的选择是逃离这个你早已熟悉的国家、早已熟悉的语言环境、早已看腻的天空，换一种心情，换一口空气，换一种思维。待旅程结束，你会对人生有新的看法、新的认识，或许那些困扰你已久的问题，你随后就会找到答案。思维进步了，意识更新了，你的人生注定会更加精彩！

我有一颗不安的心，有一个喜动的躯壳，总是不甘于做一只井底之蛙。既然我有幸有这样的条件，为何不给自己一个解放的借口，多出去走走，长长见识？读万卷书，行万里路。书读得多，只能丰富你的内涵，并不能扩宽你的眼界。所以说，读万卷书，不等于行万里路，行万里路的人，虽然书读得不够多，但至少不匮乏。所以，有条件，不要老是以没时间等各种借口推托你的行程，推来推去，你就永远无法跳出井口了。

在那些不旅行的日子里

我就是凡夫俗子一个，避免不了俗套般地生活。上班、回家、吃饭、逛街、思考、发神经……没有多频繁的聚会，没有多惊人的故事，没有多复杂的社交圈，一切过得简简单单。天真地相信爱情，像孩童般地依赖父母，不假思索地说着实话，不计得失地对待朋友。被伤害过、被利用过、被嘲笑过，依然相信人间真善美。把崭新的每一天都当成是在旅行，尽量缩短旅行与不旅行在心理上的落差，细心观察周围的不同，今天空气很好，明天草木发芽了，后天门前新开了家看似不错的馆子……努力去爱生活，对于生活给自己带来的种种美好很感恩。我们热爱旅行，不就是寻求一种全新的体验吗？而这种体验，其实在我们周围一直在发生，只是我们不曾去留意。要明白这个真理，努力过好每一天，为自己创造乐趣，即使在不旅行的日子里也要过得像旅行般精彩。

选择目的地不跟风

旅行这件事，要有自己的原则。不能听信群众的呼声，不可以盲目地跟随。张三说来这里吧，这里好山好水好地方！待抵达时，却不见其口述的美景。李四发了张史上天最蓝、水最清、沙最白的度假图，待见实景，却发现压根儿不是那么回事儿！质问二人为何欺骗我无辜的情感，二人均做冤屈状："明明很美，是你不懂欣赏。"误会从何而产生？原因是审美标准不同。在你没去过马尔代夫之前，对比青岛和宁波，你会觉得三亚的海是最清澈的。在去张掖的丹霞地貌之前，对于从没见过丹霞地貌的我来说，兰州周边的已是顶级。审美标准为何不同？简单的认知问题。

去的地方越多，对目的地的要求就越高，因为你心里已经有了一个美的标准，若不超越，便失望，若不失望，那将刷新纪录。而每个人的经历不同，审美标准自然无法统一。所以选择去哪儿不去哪儿，不看广告，看看脚，走过哪里，你知道。若有失望，请仍然保持微笑，因为能来此地便已很好，大自然中各有各的美妙，多一次不同的体验也没什么不好。

目的地的选择，一定要从喜好出发，自己做主。王二麻子常常登山，攀越过泰山、华山、嵩山等中国五大名山，多次背包走过西藏，常常为百姓讲述其伟大事迹，来自大山里的壮阔风景照更是数不胜数。对于其事迹我未曾向往，为什么？一是我真的不喜欢登山，二是我对名山大川不是很感兴趣，对于没兴趣的地方，怎会被它的美所吸引？所以任凭其多么大肆宣传，我毫不为之所动。知晓自己的斤两，体能跟不上就别打西藏的歪主意，去过的人对此地零差评，美是美，好是好，暂且不适合，我又能奈何？鲁莽地匆匆一去，只怕小命不保，实属不值得！所以，还要考虑到喜好分歧，选择目的地之前，详细解读自己，从内心出发，要不要去，问你自己。

人人都去的热门地，你还去不去

人们对于新鲜事物的探索欲，远远超出已知的风景名胜，越是小众的路线，越是让人有想去一试的念头。我也喜欢追求新、奇、特，热衷于寻找那些别人没有发现的景致，但我不会盲目地热衷。被别人踩遍的热门地我还会不会去？既然能有那么多人去，那一定有它热门的道理。网上搜图无数，无死角地被暴露无遗，毫无新鲜感，让人仿佛对其失去了热情和兴趣。即使是这样，我还是要亲身去经历一番，别人的图是别人的，而回忆和体验才是自己的。计划一场属于自己的专属旅行，即使是老套的线路和被玩透的热门地，也请仍然兴致满满地去对待它，拍些属于自己风格的照片，尝些只有自己舌头才知道的味觉，带走属于自己的记忆。充满期待地对待每一次旅行、每一个地点、每一缕阳光和每一片蓝天，因为旅行能给你带来的远远不止这些，太多未知的精彩正在悄然发生。

旅行攻略要不要

攻略的重要性好比地图，但对于配备导航的车子显得多此一举，对无导航的车子就变得不可或缺了。跟团游就是那带有导航的车子，旅行社帮你制定好的统一线路，配有导游实时跟踪讲解，活攻略就在身边，耐心解答一切疑问。就算不问，各种风土人情都会通过麦克风无孔不入地传到你的耳边，还需你白费心思作甚？而自由行就是那没有导航的车子了，倘若不识路，又不想借助地图指引，就完全跟着心情走。走好了，无心插柳柳成荫，意外发现新大陆；走不好，就等着遭罪吧。攻略给我的感觉就像买了保险，至少有份安全感在，对未知的事物有个提前的预知，心里也就稍微踏实了一点儿。没头苍蝇似的盲打莽撞，虽多了份未知的惊奇，也多了份担忧。不看地图全靠路人来指引，或是听信当地人的推荐，我吃了不少亏。

所以出发前要不要看攻略，先看看你的车是什么配置再说吧。

感谢读者们肯舍去二两银子购买，并抽出宝贵的时间翻阅此书。我不是什么有故事的人，我的故事也都很平常，并非特别吸引人，但至少我还可以用我所有的真诚来弥补我平淡无奇的人生，并精心撰写了这本书。

美国　夏威夷　2011年

美国　夏威夷　2011年

意大利　罗马　2012年

美国　夏威夷　2011年